集英社オレンジ文庫

脳研ラボ。

准教授と新米秘書のにぎやかな日々

羽野蒔実

本書は書き下ろしです。

Contents

イラスト／ｕｓｉ

1

Noken Labo.

記憶はいい加減なものである

転職サイトによると、リクルートスーツを着てみっともなくないのは二十代までらしい。

山影陽乃《やまかげひの》の場合、残り三年。

「振袖《ふりそで》みたい……」

スマートフォンを見つめ思わずそうつぶやいた陽乃は、駅名のアナウンスを聞いてはっと顔を上げて立ち上がった。リクルート用の黒いスーツを生真面目《きまじめ》に着ているが、前髪が極端に短いせいか、どこかちぐはぐな印象だ。

電車を降りて腕時計を見ると、指定された時間の二十分前。

「わ、まずい」

心配性の陽乃が待ち合わせの時間に着くのは、いつもだいたい早いか、早すぎるかのどちらかだった。それなのに、今日に限って時間ギリギリ。

本日の十一時、陽乃は転職のための面接に挑むことになっていた。

私立S総合大学、脳科学研究所の「研究室付き秘書」が、今回の応募先である。

大学へ続く大通りは桜並木になっているが、花はすっかり散って緑色がまぶしかった。

陽乃が早足でスーパーマーケットの前を通り過ぎると、背後からガッシャンと派手な音が聞こえてきた。

音に驚いて振り返る。白衣を着た男が倒れた自転車を起こそうとしていた。無造作に伸びた髪のせいで顔はよく見えないが、いかにも理系大学院生といった風情だ。これから向かう先にも、きっとこのタイプの人がたくさんいるのだろう。

白衣の男は背中を丸めて自転車を起こした。そのとたん、ハンドルにひっかかった隣の自転車が倒れ、あっという間にバタバタと数台の自転車が将棋《しょうぎ》倒しになった。

「なんということだ」

彼はそうつぶやき、すべてを諦《あきら》めたように両腕を体の横に垂らして棒立ちになった。

「……大丈夫ですか？」

陽乃が声をかけると、男はこちらを見ずにぼそりと答えた。

「大丈夫ではありません」

「ですよね。はは……」

陽乃は愛想笑いを浮かべながら、自転車起こしを手伝った。

あー、またよけいなことに首を突っ込んでしまった。本当はこんなことをしている場合じゃないのだ。これから大事な面接がある。いつもは時間の余裕があるのに、今日はこの前髪のせいで家を出る時間が遅くなってしまった。とはいえ時間がないわけでもない。走って行けば十分に間に合うはず。

今日は家から駅までの間にもこんなことがあった。

立ち寄ったコンビニでレジ列に並んでいたら、老人が横入りをしてきた。存在感の薄い陽乃にはよくあることだった。文句を言えずに黙っていると、老人は財布の中のポイントカードを見つけられずにもたもたしている。うしろに立っていた陽乃には、カードポケットに入っている青と黄色の配色が見えていた。

これは早く教えてあげたほうがよさそう。

そう思い、横から「その青と黄色のカードですよ」と声をかけると、老人がキレて怒鳴《どな》ったのだ。

「そんなこたあ、お前に言われなくてもわかってるんだよ！　年寄りだと思って馬鹿《ばか》にするのか！　変な前髪しやがって」

陽乃はとっさに前髪を手のひらで隠し、「すみません」と謝った。

コンビニでの出来事を思い出しながら、陽乃は無言で次々と自転車を引き起こしていった。最後の一台を起こし、足元に置いたバッグを素早くつかむ。

「ごめんなさい！　急ぐので！」

それだけ言って思い切り駆け出した。

そして走りながら考えた。また謝ってしまった。どちらかといえば感謝されるのは私のほうなのに。こんなだから、四つも年下の妹に「戦闘力ゼロ子」と馬鹿にされてしまうのだ。


陽乃は汗だくで受付のある一号館に飛び込んだ。

一般企業とは違い適度に和《なご》やかで騒がしいのは、いたる場所に学生が歩いているからだろう。さっきスーパーの前で会ったような白衣の学生もちらほら見かけた。学生時代が懐かしい。あの頃は自分がまさか大学の職員になるなんて夢にも思っていなかったな、と陽乃は思った。

「はい？」

「いやいやいや、まだ面接もしてないのに」

前を歩く女性職員が振り返った。面接会場まで案内してくれるそうだ。

「いえ！　……すみません。なんでもありません」

「こちらの会議室です」

面接会場の会議室はがらんと広く、まだ誰も来ていない。

「そちらの椅子《いす》におかけになってお待ちください。まもなく先生方がいらっしゃいますので」

「はい。ありがとうございます」

頭を下げたところでパタンとドアが閉まり、陽乃はロの字形に長机が並べられた会議室で一人になった。こういう時は椅子をすすめられても座らないのがセオリーだ。

近くのテニスコートからスコーン、スコーンというテニスボールを打つ音が聞こえてくる。その音を聞いているうちに、やっと汗が引いてきた。キャンパス内に緑が多いせいか空気が澄《す》んでいるし、差し込む光はのどか。部屋の温度もちょうどいい。

職場の環境はとても気に入った。問題は、職場が陽乃を気に入ってくれるかどうかである。

「俺の体は今日から脳だ……」

今の状況になんてぴったりな言葉だろう。陽乃は一人小さくうなずいた。

これは陽乃が敬愛する『エリック様』の決め台詞《ぜりふ》。不安な時にこの言葉を唱えれば不思議と力が湧いてくる、陽乃にとっての魔法の呪文だった。


理系の研究所なんて、因数分解すらあやしい陽乃にとっては未知の領域だった。

それに、そもそも秘書業務などやったことがない。

知人の紹介でもなければ、この手の応募に目を留めることもなかっただろう。十日前、LINE《ライン》のグループくらいでしかつながっていない大学時代の先輩から、唐突に電話がかかってきた。

『S大って、陽乃の家からそんなに遠くなかったよね？　失業中の陽乃にちょうど向いていそうな仕事があるの。こういうところの秘書って、くるくる動けて打たれ強くて、適度に存在感が薄めの人がいいのよ』

陽乃は目を細めて顔をしかめた。妹の光里《ひかり》がいつも言う、「陽乃ちゃん、またチベットスナギツネみたいな顔してるよ」の顔だった。

適度に存在感が薄め。

その直球すぎるコメントと、陽乃が抱いている「秘書」という職業のイメージはだいぶかけ離れていた。秘書といえば、きちっと隙《すき》のないデパコスメイクをして、こぎれいなスーツに身を包んで、ヒールの高いパンプスを履き、その音をカツカツと響かせて颯爽《さっそう》と社内を歩き、

「おはようございます、支局長。本日のスケジュールを申し上げます。十時から社内会議、その後十一時半からT社取締役とランチミーティング……」

陽乃の想像力ではランチミーティングのあとの社長の予定がまるで浮かんでこなかったが、とりあえず秘書というものは、きっとそういうタイプの人間が就く仕事ではないだろうか。政治経済にも詳しくて、インスタに自作フレンチ料理をアップしていて、たぶんホットヨガに通っている。

どう考えても自分じゃない。

「私、ヒールの高い靴は一足も持ってないし、ホットヨガもやってませんよ」

『ホットヨガ、どっから出てきた?』

先輩は、「とりあえず早急に書類を送っといてね」と通話を切った。

ともあれ失業中にこんな話が舞い込んでくるなんて、失敗の多い日々を送ってきた陽乃

にしてはラッキーが過ぎる話である。その日のうちに履歴書と職務経歴書を送り、するとすぐに面接の日程が決まったのだった。

四月も半ばになるこんな中途半端な時期に募集が出るなんて。しかも自分に声がかかるなんて。よほど人員に困っているのだろう。

もう一度呪文を唱えようと息を吸ったその時、ドアの開く音がした。

現れたのは、スーツ姿の男性二人。

五十がらみの色白で大柄な男性は、せっかちそうに会議室に入ってきて、陽乃の姿を見つけて立ち止まった。

「あれ。いらしてましたか。人の気配がないから誰もいないのかと」

また存在感の薄さを発揮してしまった。陽乃は慌てて背筋を伸ばし、礼をした。緊張のあまり声が裏返ってしまう。

「山影陽乃です。本日は面接の機会をいただきましてありがとうございます。よろしくお願いいたします」

「私は研究協力課の課長、大熊《おおくま》です」

大熊課長はずいぶん早口だった。なんだか急《せ》かされているようで気が焦る。

「で、こちらが脳研所長の梶《かじ》先生と――」

六十代前半くらいの白髪で痩《や》せた男性が、殿上人のようにやわらかく手を振った。脳科学研究所はそのまま「脳研」と略すようだ。

「どうも」

ウェブサイトで見た写真よりもずっと優しそうだなと、陽乃はほっとした。ループタイがよく似合っている。声もとてもいい。羊を数えるのにちょうどよさそうな、穏やかで耳に心地のよい声。

大熊課長はせわしなく腕時計に目を落とす。

「それからまだ来ていないんだけど……どうしちゃったのかね、千条《せんじょう》先生は。先に始めちゃいましょう。どうぞ座ってください」

それぞれ椅子を引いて腰かけ、面接官二人が陽乃の履歴書と職務経歴書を机の上に広げる。陽乃はその様子を、緊張のあまり顔じゅうに不自然な笑みを貼り付け、眺めていた。

その時だった。

ものすごい勢いでドアが開いた。蹴り飛ばしたのではないかと思う勢いで。

「遅れました」

大股《おおまた》歩きで入ってきたのは、目つきの悪い三十代半ばの長身男性だ。

黒に近い濃紺《のうこん》のスリーピーススーツに、濃いブルーのピンストライプシャツ。胸元はグレーのソリッドタイ。黒々とした髪はオールバックにしていて、一束だけが無造作に額《ひたい》に落ちていた。

大学の先生というより、ヤクザ映画に出てくる俳優のようである。たとえばそう、声もなく静かに怒り、笑顔で相手の頭を撃ち抜くインテリ中堅幹部。そんな役どころが似合う風貌《ふうぼう》だった。

しかも顔立ちが無駄に整っている。猛禽《もうきん》類のごとき鋭い瞳、繊細な鼻筋、引き締まったあごのライン——整いすぎていて、逆に人相が悪い。

「ああ、千条先生。今、始めたところです」

大熊課長にセンジョウセンセイと呼ばれた男は、すみませんとぼそぼそ返し、あわただしく着席する。そして眉間《みけん》にしわを寄せ、「あん？　ド田舎の小娘が、なにガンくれとるんじゃ」とでも言わんばかりに、陽乃をにらみつけた。

待って。なにこの人、怖いんだけど。

陽乃はさっと視線を逸《そ》らした。命を狙われている気がしてくる。いや、狙われているのは臓器かもしれない。私の臓器なんてそんなに高く売れないと思います、と陽乃は心の中でつぶやいた。人を査定するような目で見ないでほしかった。

もっともそんなわけにはいかない。これは面接なのだから、陽乃は査定されるのである。

陽乃は目を逸らしたまま、頭を下げた。

「よろ……よろしくお願いします」

心配性の陽乃は、あらかじめ研究所のウェブサイトをチェックして、できるだけの情報を頭にたたき込んできた。知人の紹介でありつけた面接だからといって、準備不足では失礼だ。特に、万が一採用されれば自分が担当することになる准《じゅん》教授の名前は、もちろん真っ先に検索した。

『千条研究室』

『千条誠《まこと》』

ところがいくら検索してもなぜかまともな写真を見つけられなかった。ものすごく遠くから撮影した集合写真、ピントが合わずにぼんやりしたショット、実験中とおぼしき白衣を着たうしろ姿、講演中なのかマイクを持った横顔、「NO　IMAGE」と書かれている人間のシルエットのイラスト——そんなものしかヒットしない。

T大学医学部出身のエリート。学部卒業年から換算すると、現在三十五歳。発表論文や研究課題の一覧もあったが、すべて英語だったり専門用語だらけだったりで、きっとたいへん優秀な方なのだろうということくらいしかわからなかった。

まさかこんな人だったなんて。怖いんだけど。

陽乃はもう一度そう思った。だからこんな中途半端な時期に募集がかかったに違いない。きっと、いわくつきなのだ。

梶所長がにこやかに微笑《ほほえ》みながら質問をする。

「こういうところの秘書の仕事は初めて？」

「はい、ええ、初めて……ですが、精一杯働かせていただきます」

舌がもつれてしまった。初めてどころか秘書検定も受けたことがない。そもそも秘書という仕事に目を向けたことがなかった。そのうえ、どうしても目の前にいるインテリヤクザ風の男のことが気になってしまう。

面接官たちは老眼鏡をかけ、それぞれ机の上に広げた履歴書と職務経歴書にしばし見入った。

千条以外は。

「趣味は映画鑑賞ですか」

大熊課長が顔を上げたので、陽乃は面接のセオリーどおりに微笑んだ。

「はい」

半分は嘘《うそ》。趣味として書くには映画が無難そうに思えるのでいつもそう書いているのだが、しかし映画も好きだからまったくの嘘ではない。だいたい履歴書に書けるような、特別な趣味や立派な特技をみんな持ってるものなの？　と陽乃は思う。

梶所長が職務経歴書を指でとんとんとたたいた。

「ああ、僕、この会社知ってるよ。あれでしょう、ブラック研修で有名なＩＴベンチャー」

「はい。そのとおりです」

新卒で入社した会社だった。

「研修で毎日十キロ走らされるんでしょう？　あの会社、たしか潰《つぶ》れましたよねえ？　あ、倒産により退職って書いてあるね。それから印刷会社の営業ですか」

「はい」

「この会社も、倒産により八カ月で退職……」

そうなのだ。今まで陽乃が入社した会社は二社とも倒産してしまった。友人がつけた異名は「会社クラッシャー」。その後は派遣社員としていくつかの企業に派遣されたものの、どこも一年に満たずに契約が満了になった。

母の風美子《ふみこ》にはさんざん嫌味を言われた。

――ママの言うこと聞かずに勝手に仕事を決めるからよ。だから失敗するんじゃないの。

風美子を安心させるために、仕事が変わるたびに近況報告をしてきたが、さすがにもううんざりしてきた。そんなわけで、研究所の仕事に応募していることは秘密にしている。また失敗するとしても、自分の稼ぎ口くらい自分で決めたい。なんというか、もうこれは意地だった。

とはいえ、会社クラッシャーなんて明らかに面接相手には心証が悪いはずだ。陽乃は探るように面接官三人に目を向けた。ところが、大熊課長はいたって事務的な表情を浮かべている。

「ここはまず潰れませんから安心してください。ただし先日も書面でお送りしたとおり、一年ごとの契約更新となります。更新は最大五回。年俸額を十二で割ったものが毎月の給与で、賞与はありません」

「はい。承知しております」

この募集の雇用形態は嘱託《しょくたく》職員、つまり非正規で有期である。

それでもかまわなかった。陽乃は疲れていたのだ。自分が入社すると倒産してしまう会社にも、自分だけ派遣契約が更新されないことにも、転職エージェントからのメールをチェックすることにも、不採用のお知らせにも。

自分の需要はどこにもない。そう考えると心がずしんと重くなる。

千条はというと、ひたすら黙っていた。気を失っているのかと思うほど、身じろぎ一つしない。机の上で両手の指を組み、前かがみになり、眉間にしわを寄せ、前方の一点をじっと見つめている。銅像のように動かない。もしかしたら、聞く気なんて端《はな》からないのかもしれない。

ひととおりのやりとりが終わり、大熊課長が千条に声をかける。

「先生からもなにか質問、ありますか？」

陽乃は身を固くして千条を見た。背中を冷たい汗が流れる。

千条は「えっ」と大熊課長に顔を向けたあと、我に返ったようにもぞもぞ動きだし、陽乃をにらんだ。特に額をにらんでいる。そこで突然、陽乃は思い出したのだった。

前髪。そうだ、前髪！

三人とも、この不自然な前髪のことがずっと気になっていたに違いない。でも昨今のコンプライアンス的あれやこれやがあって、外見に関する質問はしてはいけないことになっているのかもしれない。きっとそう。

陽乃は心の中で面接官たちに語りかけた。大丈夫ですよ。この前髪のことなら触れてもかまいません。ぜんぜんデリケートな問題ではないのです。そうだ、私から率先して説明してしまえばいいんですね——。

「……ええとあの、ふだんの前髪はもっと長いのです」

唐突に陽乃が口を開き、大熊課長と梶所長がきょとんとする。

「説明しますと、今朝、あやまってガスコンロで前髪を燃やしてしまったため、切りました」

燃やしたことに驚いているのか、陽乃がいきなり脈絡のない話を始めたことに驚いているのか。大熊課長と梶所長はぽかんと口を開けているが、とりあえず陽乃としてはここまで話してやめるわけにもいかなかった。

すっくと立ち上がり、ジェスチャーをまじえて解説する。

「詳細は……ガスコンロにやかんをかけたところ……これ、ガスコンロです……足元にたまねぎの一片が落ちているのを見つけてかがみ、前髪がコンロの炎に触れて、こう……燃えました」

前髪の前で手を振り回す。

「このようにして消火しましたが髪は焦げ、自分で切って整えた結果、今の状態になりました。以上です」

会議室がしんと静まる。まるで時間が止まったようだった。

陽乃は静かに椅子に座り、わずかに笑顔を作ったまま視線を落とした。ひざの上に置いた両手をぎゅっと握る。

やっちゃった。終わった。失敗だ。これは不採用。間違いない。

でも、悔いはなかった。そもそもふさわしくなかったのだ。職場が陽乃にではなくて、陽乃がこの職場に。選ばれないことには慣れている。

するとどこからかぼそぼそとささやくような声が聞こえてきた。陽乃は視線を上げる。

「――すか」

千条がなにか言っていた。猛禽類のごとき目がこちらを見据《みす》えている。もしかしたら、さっきの自分の言動が不愉快で、怒りのあまり「ふざけているんですか」と言ったのかもしれない。

返事をしない陽乃を促《うなが》すように千条はもう一度質問をする。

「明日から来られますか」

「はい？」

反射的に訊《き》き返してしまった。

「整理してほしい書類があります」

「はい、よろこんで」

驚きすぎて、学生時代にアルバイトをしていた居酒屋の接客フレーズが口から飛び出した。

突然、時間が動き出す。大熊課長が広げていた書類を束ね、机にとんとんと落として端を整え言った。

「じゃあそういうことで、よろしくお願いしますね」

「ええとあの……」

「採用です」

「よっ……よろしくお願いします！」

深々と頭を下げた陽乃が顔を上げた時には、もう千条は部屋を出ていったあとだった。

慌てて周囲を見回す陽乃に、大熊課長と梶所長は口の端を下げて苦笑いしながら、

「いつものことですので。気にしないでいいですからね」

と、あきれたように首を振った。

◆

　第一研究棟はＬ字形をした五階建ての建物で、キャンパスの隅《すみ》にぽつんと建っている。Ｌ字の長いほうに理学部と工学部の研究科があり、短いほうに脳科学研究所がある。そちらのエリアを使う人はみんな、脳みそがポップにデザインされたイラストつきのＩＤカードを持っていた。陽乃が首から下げているのは、まだ名前すら書かれていないビジターカードだ。

　入り口を入ってすぐのホールで待ち合わせていた陽乃は、目の前を通り過ぎていった女性に向かって手をあげて叫んだ。

「あの、すみません、私です、山影です！」

「山影さん？　やだ、気付かなくてごめんなさい」

　またしても。陽乃の存在感の薄さはゆるぎない。

「ほんとごめんね、業者さんと間違えちゃった」

　四十代らしき女性は、自己紹介しながら脳みそつきのＩＤカードを持ち上げて見せた。「五十嵐佐和《いがらしさわ》」とある。

「五十嵐さん。あの、いきなりこんなことを言うのもアレなんですけれど、私、今、前髪がとても変かもしれませんが、いつも変なわけではないのです」

　佐和は初めて気付いたかのように、陽乃の前髪を見つめた。

「あー、ほんとだ。短いね。でも誰も気にしないと思うわよ。ここ、自由な人が多いから」

　その時、陽乃の横を、不自然に手のひらを上に向けた女性が通り過ぎた。白衣を羽織ったその女性が手に載せているものは、こんもりとした数本の白いチョーク——ではなかった。もそもそと動いている。

「カイコ……？」

　こんもりとした数匹の蚕《かいこ》の幼虫だった。手に？　なぜ？　よくわからないが、これが佐和の言う「自由」なのかもしれない。そういうことにしよう。

「じゃあ行きましょうか」

「……はい」

　一階のホールでエレベーターを待ちつつ、佐和が笑いかける。

「あんまりちゃんとした引き継ぎ書が残ってないと思うのよ」

佐和は、陽乃が想像していたようなお堅いイメージの秘書ではなかった。服装も、カットソーにカーディガン、フレアのロングスカート、靴はぺたんこのストラップシューズ。カジュアル度が極めて高めのオフィスカジュアルだ。長い髪はラフにうしろで結び、メイクもナチュラル。

「なんだかほっとしました」

陽乃がそう言うと、佐和が笑顔のまま首をかしげる。

「ん？　なんの話？　引き継ぎ書？」

「いえ。秘書と聞いて、デパコスメイクでヒールの高いパンプスを履かなくてはいけないのかと」

「あー、そっちか。この職場はゆるめで大丈夫よ」

佐和はおおらかで陽乃はそのたたずまいに癒《いや》された。たまにいるのだ。すぐに気が動転してあわあわしてしまう陽乃でも、最初から気後《きおく》れせずに話せる人。佐和はそういう人だった。

「家にいる時なんかもっとゆるいから、娘にしょっちゅう怒られるわよ」

「五十嵐さん、お嬢さんがいらっしゃるんですか」

「いるよー。四年生。上は中二の男の子。どっちも私の言うことなんて聞きゃしないわよ、ぜんぜん。上の子なんて反抗期真っ只中だし」

「わあ、たいへんそうですね」

「たいへんだよ。家でも職場でもお子ちゃまのお世話だもの」

「家でも職場でも？」

陽乃が不審そうな顔をすると、佐和はうふふと含みのある笑顔を浮かべる。

波田妃呂子《なみたひろこ》教授の研究室を担当している佐和は、脳研に勤めはじめて二巡目の二年目、つまり通算七年目なのだそう。この研究所に来る以前も別の施設で秘書をしていて、職歴のほとんどは理系研究施設の秘書業務。大熊課長からは「この研究所一番のベテラン秘書」と紹介された。

「わからないことがあれば秘書の誰かに訊いてね。みんな似たような作業をしてるから、誰かしら答えられると思うの」

「ありがとうございます。そうさせていただきます」

午前九時。佐和によれば、この時間はまだ半分ほどの研究員しか出勤していない。

「千条研究室の二人目の秘書が、週三勤務のパートだったのよね。年度末に突然辞めちゃって、こんな時期に募集することになったわけ。山影さんは三人目」

たしかに、陽乃が先輩から連絡を受けたのは四月に入ってからだ。

どうやら秘書に辞められがちな先生らしい。あの見た目なうえに秘書がいつかないということは、とんでもなく横暴だとか性格がゆがんでいるとか……。陽乃の胸に、忘れかけていた不安が戻ってきた。

「千条先生、今年度から大きい研究費が取れて、フルタイムの職員を雇う余裕ができたみたいなんだけど――」

突然、佐和がきょろきょろあたりを確認し、声のトーンを落とした。

「一人目のパートの秘書が、千条先生のストーカーになっちゃったのよ」

「へっ⁉」

佐和は人差し指を立てて「しーっ」という仕草をする。

「あの先生って独身だったんですか？」

「あったりまえじゃない。奥さんがいたら、もうちょっとまともな服を用意するわよ！」

それもそうだ。あのスーツではその筋の方に見えてしまう。

「その秘書、三十代前半のおとなしそうな人で、週二でここに来てたんだけど、ある日いきなり千条先生に結婚を迫ったんだよね」

「お付き合いしていたのではなく？」

「してないって！　秘書のほうが勝手に付き合ってると思い込んでただけ」

初日からとんでもない話を聞いてしまった。

「だいたい秘書が先生と付き合うなんてNGだから。契約更新されなくなっちゃうもの。でね、その人、だんだんストーカー化してきて、先生の自宅マンションで出待ちするようになったのよ。最後には結婚してくれなきゃ死んでやる、みたいなことを叫び出しちゃって。なんだかんだ言って、あの先生、イケメンじゃない？」

「イ、イケ？　……まあそうかもしれませんが」

陽乃は言葉を濁《にご》した。遠目に見てもたしかにその部類ではあったけれど、あまりお近づきになりたくないタイプのイケメンだった。

「しかもT大卒のエリート。まあ、優良物件よね。結婚したいわーなんてころっと簡単に思っちゃう女もいるわけよ。そんなことがあって以来、千条先生は秘書を警戒してるの」

となれば二十代後半の独身である陽乃のことも、十二分に警戒しているはずだ。それは困る。すごく困る。陽乃はただ、つつがなく穏やかに仕事をしたいだけ。上司を狙う気は決してないことを、なるべく早めにお伝えしなければ。

「それから、もう一人、辻《つじ》さんっていう千条研究室のポスドクさんも秘書アレルギーなのよ」

「ポスドクとは、いったいなんでしょうか」

「あー、そうだった。こういう職場、初めてだったわよね。ポスドクは、任期付きの博士研究員のこと」

佐和がまた周囲を見回し、声のトーンを落とした。

「二人目の秘書がね、かなり使えない子だったのよ。山影さんと同い年くらいだったかな。その人もまたおとなしくて、でも仕事は覚えないし、すぐ休むし、時間にルーズで約束も守らない。結局、大学院生の高柳《たかやなぎ》くんと辻さんで研究室の事務仕事をやってたようなものだったの」

そういう人ってたまにいる。陽乃はそう思った。強烈な存在感を放ち、悪びれもせずに人を振り回すタイプ。陽乃は運悪く、この手のタイプに振り回されがちな人間だった。

「挙句の果てに、間接経費で電池とかこじゃれたファイルとか買いまくって」

「かんせつ？」

間接経費は文具や家具など、研究設備を整えるための物品購入に使えるお金のことなのだそう。初めて耳にする単語に、陽乃は面食らった。

「買ったものを持ち去って辞めちゃったの。買い物の書類と記録はあるけど、モノがなくなってるわけ」

「それって横領《おうりょう》では……」

佐和が無言でうなずく。

「ただ消耗品ばっかりだから、職場で使い切ったって言っちゃえば追及できないんだよね。不審に思った千条先生がメールを送ったら、全部辻さんに頼まれて買った物品だから本人に渡した、っていう返信が来たんだって。もちろん辻さん、身に覚えはないわけ。で、それはそれは激怒しちゃって。あれ以来、辻さんも秘書を警戒してるわね」

陽乃は例のチベットスナギツネの顔をして佐和を見た。

「……えっとそれは、つまり？」

「つまり、多少あたりが強くても山影さんのせいじゃないから気に病むことはないわよ」

あまりなぐさめにはなっていない。

佐和がエレベーターを開けてくれた。まだIDカードのない陽乃は、自力でエレベーターも開けられないのだった。

三階でおりると、フロアは中央に廊下が貫き、その両翼に各部屋があるつくりになっていた。廊下は静かで、壁には学会のポスターなどが貼ってあるが、消火器以外のよけいなものは置いていない。人の気配もあまりなく、全体的にすっきりしている。

「当番制でお掃除してるから廊下はきれいなのよ、廊下は」

「廊下は、ですか」

そう尋ねると、佐和はわざとらしい笑顔をきゅっと作った。

「先生たちの部屋はいろんな状態になってるわね……まあ、その先生次第ってところかな」

ひどい部屋は相当ひどいということだ。千条の部屋はどうなのだろう。あのヤクザのような風体からすると、何事もきっちりカタをつけないと気が済まない性格のような気もする。「おたくが借りた金じゃろう。耳を揃《そろ》えて返してもらうけえのう」みたいな台詞が似合いそうだし。

陽乃は思い切って質問した。

「五十嵐さん。つかぬことをうかがいますけど、千条先生って、どんな方なのでしょう?」

「真面目で優秀な先生よ。いい論文を出してるそうだし、若手の賞も取ってるし。多少クセはあるけどね」

「多少クセはある？」

「うん。そうねえ……たとえると、機能を研究に全振りしたロボット」

「……ちょっと意味がわからなかったです」

「実は私、あの先生とまともに会話したことがないのよね。おしゃべりするネタがないっていうか、会話しづらい」

佐和は話題を逸らすかのように歩く速度を上げ、「千条研究室」とプレートの出ているドアの前で立ち止まる。ノックをした。コンコン、と乾いた音が廊下に響く。

「失礼しまーす。山影さんをお連れしましたー」

返事がなかった。

しかし、スライドドアの縦に長細いガラススリットからは部屋の明かりがこぼれている。人の気配もあるから、誰かしらいるはずだ。

陽乃は身を乗り出し、スリットから中をそっとのぞいてみた。

わ、汚い！

と叫びそうになるのをどうにかこらえた。部屋の中がすさまじく散らかっていたのだ。

これはどう見ても、いわゆる汚部屋《おべや》である。

間取りはさして広くなく、細長い長方形。その中がモノであふれかえっていた。引っ越し直後のような段ボール箱の山。椅子には本や書類がうず高く積まれ、部屋の一角には中身のわからないビニール袋の山が見える。

「ゴ、ゴミ？　全部？」

テーブルの上にはマグカップがたくさん置いてあるし、床に点々と落ちている白くて丸い粒ラムネみたいなもの……あれはいったいなんだろう。

その歩く場所すらない部屋を、よれた白衣を着た若い男性が行ったり来たりしていた。

「いかにも理系の研究員っぽい方がいらっしゃいますね」

度の強そうな黒縁眼鏡をかけ、襟《えり》足の伸び切った髪は全体的にぼさぼさだ。ラボの学生だろうか。極悪な千条に脅されて探し物でもしているのかもしれない。陽乃は同情した。かわいそうに。これからはお手伝いしますから、私が力になれることがあればなんでも言ってくださいね。心の中でエールを送る。

佐和は再びノックをすると、今度はためらいもなくドアの取っ手に手をかけた。

「千条先生、失礼しまーす。入りますねー」

ガラガラとドアを開けると、白衣の男性がこちらに顔を向けた。

眼鏡の奥にあるのは、見覚えある鋭い目だった。妙に通った鼻筋やすっきり整ったあごのラインも、昨日、苦虫を噛《か》み潰したような顔で座っていた人物と同じ。

首から下げているＩＤカードには、脳みそのイラストの下に「千条誠」とある。陽乃はぽかんと口を開けた。

「なんということでしょう……」

まぎれもなく千条だ。けれど今日はだいぶ気が抜けている。いやいや、だいぶどころじゃない。ぜんぜん違う。まるきり別人だ。昨日が猛禽類なら、今日は公園でぽっぽーと鳴いているハトくらいの印象である。

陽乃はイリュージョンでも見ているような気持ちで、その場に立ちつくした。

佐和は陽乃の背中に両手をあてて部屋へ押しこむと、一仕事終えたようなすっきりした笑顔で手を振る。

「それでは、頑張って！」

「えっ……あ……はい！　ありがとうございました！」

逃げるようにドアを閉めた佐和を見送り、陽乃はくるりと部屋に向きなおった。

千条は書棚にある本を出したり入れたり倒したりしながら探し物をしている。陽乃は首をまわして周囲を確認した。あらためて見ても、見事な汚部屋。これはいったいどこから手をつければいいんだろう……。

「おはようございます。本日よりこちらに勤務させていただきます、山影陽乃です。どうぞよろしくお願いいたします」

笑顔を作ってみたが、千条は相変わらず書棚に向かったままだ。ぼそぼそとささやくような声が返ってくる。

「ああ。どうも」

すこぶる機嫌が悪そうである。見た目はハトでも、中身はやはり猛禽類なのかもしれなかった。

「えっと、お手伝いしましょうか」

「なにをですか」

「探し物を……してらっしゃるようなので……」

「書棚内の配置をご存じないと難しいと思いますが」

「たしかに」

細長い部屋は、片方の壁一面が書棚になっていて、さまざまな表紙の本が雑然と詰め込まれていた。前後二列、縦横斜め、それこそ縦横無尽に押し込んであるから、おそらく千条本人にしか目的の本は見つけられないだろう。

とりあえずバッグを置こうと陽乃は手近な場所を見回す。するとあのぼそぼそ声が飛んできた。

「そのドアの近くにあるのが山影さんの机です。前の秘書の方がなにか残していると思うので、パソコンの中身を確認してください」

あれ？　と陽乃は首をかしげる。少しかすれた低めの声は、聞き取りやすくはないものの、口調は思いのほか丁寧だ。それに、思いのほかあたりもやわらかい。昨日のヤクザ風な対応が嘘のようだった。

「はい。わかりました」

「窓際のパーテーションの向こうに僕の机があります。あっちは僕の領域なので不用意に立ち入らないでください」

まるで地面に線を引いて「お前はオレの陣地に入っちゃダメー」と言い張る小学生のようである。

「わかりました」

「不明なことがあれば、僕より五十嵐さんたちに訊いたほうが早いです」

「はい。そうさせていただきます」

千条はガサガサ、ガッタン、ギギギと騒々しく音をたてながら、まだなにかを探している。

よく見れば、着ている白衣はシミでところどころ汚れている。その下からのぞくチェックのシャツとカーキ色のコットンパンツは、なんというかオーバーサイズのような気がしてならない。いや、明らかに大きいと思う。

これは意図したチョイスではなくて、まったくチョイスしなかった結果、こうなったに違いなかった。足元は履き潰した黒いサンダル。

陽乃は直感した。こちらが通常の先生だ。ふだんはこうなのだ。この人はとってもとってもファッションセンスに乏《とぼ》しいのだ。そして思わず口走ってしまった。

「……あの、先生。昨日とは別人でいらっしゃるので、若干《じゃっかん》驚いております」

しまった、またよけいなことを。言ってから後悔するのが陽乃の常である。心配性で緊張しいなわりには、こういうところが考えなしなのだった。

千条が振り返った。文句の一つでも言われるだろうと思い、陽乃は身構えた。ところが、ちっとも不愉快そうな様子はない。

「そうですか。面接なのでスーツを着ました。スーツはあの一着しか持っていません」

千条が晴れ晴れした顔で、棚から探し出した分厚いファイルのほこりを払う。どうやら目的のものがなかなか見つからなくて不機嫌だったようだ。

不機嫌の原因がわかってほっとすると、今度はスーツのことが気になってきた。まさかの一張羅《いっちょうら》。一張羅にあんなヤクザじみたスーツを選んだのはなぜだろう。科学者とはみんなそういうものなのだろうか。

「急ぎで会議室に向かったため眼鏡を忘れ、実はあなたのことはほとんど見えていませんでした」

それを聞いて、陽乃はさらに安心した。だから目を細めて私をにらんでいたのか。

「しかし粛々《しゅくしゅく》と仕事をしそうな――」

「はい」

「この資料は古いな。この教授はもうここには所属していないはずだ」

「はい？」

陽乃は口元だけ笑った形を保ちながら、目をぱちくりさせて考えた。なにを言っているのかわからない。千条は開いたファイルをじっと読みこんでいる。どうやら千条の頭から、粛々うんぬんはすっ飛んで、興味はファイルのほうへ向いているようだ。

笑顔の向けどころに困った陽乃は、中途半端に微笑んだまま、秘書用らしきスチールデスクに視線を落とす。

「文具などの足りないものは」

と、千条が突然、さきほどの会話の続きを始めた。

「はいっ⁉」

「僕の持っている予算から調整して買ってください。無駄遣いはしないように」

「予算……無駄遣い、注意します……予算……」

予算とは？　頭の中は依然として疑問符だらけだったが、とりあえずスチールデスクと椅子の汚れ具合をチェックした。つい最近まで秘書がいたおかげか、それほどほこりは溜まっていない。

「バッグなどはどこに置けば……」

「どこにでも、そのあたりに」

千条は涼しい顔をしている。どこにでもと言われても、これだけ散らかっていると置ける場所は限られてくる。私物を置くロッカーというものはなさそうだ。床は汚れすぎていてバッグを置く気にはなれない。

陽乃の机のすぐ横にはミーティング用とおぼしきテーブルと椅子が三脚あるものの、どちらにも本と書類が山積みにされていた。少しでも動かせば雪崩《なだれ》を起こすことは確実である。

テーブルの空いた場所にはマグカップが一、二、三……九個。しかも干からびたティーバッグのひもが貼りついていたり、底に泥水のような液体が溜まっていたりする。どのカップも内側が茶渋で真っ茶色だった。

「先生、これは洗ってもよいものでしょうか」

「洗ってください」

ストレートな回答が返ってきた。陽乃は雰囲気を和ませようと、できるだけにこやかに言ってみる。

「ミーティングでもされていたんでしょうか？　こんなにたくさん人が入れるんですね、この部屋」

「いいえ。僕が使いました。洗っていないだけです」

「……なるほどです」

そうかわかったぞ。陽乃は一人うなずいた。

洗うのが面倒で新しいカップを使い、それが汚れると新しいカップを使うというその場しのぎのティータイムを繰り返した結果が、この九個なのだろう。とにかくこの千条という先生は、ギリギリまでカップは洗わないし、おそらく掃除もしない。

今のところ汚れの少ない安全地帯は、秘書用の机と椅子しかなさそうだった。机の上にそっと荷物を置いた瞬間、パンプスのつま先でふにゃっとした感触のものを踏んでしまった。

「虫⁉」

びっくりして飛びのく。

よく見れば、踏んだのは小さな丸いコットンだった。実験に使うものなのかもしれない。さっきドアの外から見た時、床に散乱していた白くて丸い粒ラムネのようなものはこれだったのだ。

「虫ではない。綿球です。いつだったか忘れましたが、袋を開けた時に十六個落としてしまいました。捨ててかまいません」

いつ落としたのかは忘れても、数はきっちり覚えているようである。しかも拾って捨てるという行為には至らないらしい。

なかばあきれつつ全部拾い集めると、たしかに十六個落ちていた。けれど、肝心のゴミ箱というものがない。陽乃は部屋の隅に芸術的に積み重なっているビニール袋の山に目を向けた。

やっぱりあれは、全部ゴミ……。

気が遠くなるのを感じながら部屋を見回す。ドアの横にはかろうじて小型の空気清浄機がある。ああよかった。せめてもの救いだ。陽乃は特別に潔癖症だとかきれい好きというわけではない。そんな彼女であっても、思わず呼吸を止めたくなるような部屋。

「それではお邪魔します……」

陽乃は決意を新たにして椅子に座った。机にはパソコンのディスプレイとチューブファイル類が載っていた。引き出しの中にはクリップやステープラーなど、ひととおりの文具は入っている。

足元にあったパソコン本体のスイッチを入れた。映し出されたデスクトップ画面を見て、彼女はたまらずに声をあげた。

「あら」

デスクトップが、膨大な数のドキュメントアイコンで埋め尽くされていたのである。まるで墓石の並んだ墓地のよう。前任の二人の秘書がいかにいい加減だったのかを見て取れた。

「それをどうにかしてください」

いつの間にか背後に来ていた千条が、陽乃の肩越しにディスプレイをのぞき込んだ。

間近で見る千条の横顔は、やはり見とれるほどに整っていた。

まつげが長く、鼻先と唇とあごを一直線に結ぶことができる――いわゆるEラインの持ち主だ。三十五歳の男性にしては肌のきめが整っている。二十七歳の自分よりずっときれいで感心してしまった。たぶんケアなんてなにもしていないだろうに、そういう人に限ってきれいでいられるのは、神様がとても不公平だからである。

そのうえT大学医学部出身のエリート科学者だなんて。神様はどこまでも不公平だ。

ただ、眼鏡とそれにかぶさるほど伸びた前髪で、あの鋭い瞳が隠れてしまっているのが残念だった。残念なイケメン。まさに千条先生のためにあるような言葉だなあ、と陽乃は思う。

「聞いていますか」

残念なイケメン考察をしていた陽乃は、ちっとも話を聞いていなかった。

「なんでしょう?」

「適切なファイルを適切なフォルダ内にまとめてください、作業は二日程度で完了しますか、と質問しました」

「は、はい！　すみません！　二日で完了します！」

陽乃はとっさに笑顔でそう答えてしまった。答えてから、しまったと後悔する。まだファイルの数も把握していないのに。

「それから、この部屋の片付けを。僕はしばらく別の場所にいますので、よきようにお願いします」

「はい！」

元気よく返事をしたものの、千条が研究室を出ていくと、陽乃は部屋を見回してため息をついた。

「……どこから手をつけたらいいのよ、これ」

とりあえず、景気づけにエリック様の決め台詞を小声で叫んだ。

「俺の体は今日から脳だ！　このゴミの山をすべて捨て去ってやる！」

ついでにパーテーションの向こうを、そっとのぞいてみた。

散らかっていた。

この部屋の散らかり具合を三倍濃縮したような空間だ。散乱する靴下やタオル、床に落ちている千条の住所宛《あ》てに届いたクレジットカード会社の封書、棚に積まれた映画のブルーレイディスク、なにが入っているのかわからない段ボール箱の上には、ひしゃげたクマのぬいぐるみ。たぶんここにあるモノの半分は私物。

そして陽乃は気付いた。そうか、ここは千条のサンクチュアリなのだ、と。いよいよ本当に立ち入らないほうがよさそうである。キープアウトだ。

「ということは、まずはミーティングテーブルの上から」

サンクチュアリに立ち入れないとあれば、テーブル周辺をなんとかしよう。ここがきれいになれば、なんとなく全体的な体裁が整うはず。

書類が詰め込まれた大量の紙袋、雑然と重なっていた書類や本を一角にまとめ、テーブルの上をぞうきんで拭く。明らかにゴミだと思われるものを、ビニール袋に放り込む。日に焼けて茶色くなった八年前のバスツアー旅程表を発見。山梨のさくらんぼ狩りだった。

「こんなの、ゴミ以外のなにものでもないよね」

端がちぎれた宅配ピザのチラシ、こんなものもただのゴミ。海外土産《みやげ》と思われるチョコレートの箱も絶対にいらない。うわ、中身が残っているけれど……これいつ開封したんだろう。

手あたり次第にぽいぽい放り込んで餅《もち》のように膨らんだゴミ袋は、それまで部屋の隅に積み上げてあったものも含めて十三個になった。不吉な数。台車に乗せて、ゴミ置き場まで三往復する。

テーブル周辺の床から本来のリノリウムが見えてきたところで、陽乃は一息ついた。

「だいぶすっきりしてきた」

ワンドアの小さな冷蔵庫があったが、中に入っていたのは、冷やす必要のまったくない空気清浄機の替えフィルターだけ。物置代わりなのだろうか。フィルターが入っている理由はよくわからないが、とりあえずほっとした。腐《くさ》ったコンビニ弁当などが出てくるかと思い、身構えていたのだ。

それから数時間が過ぎ、午後になっても陽乃はまだ掃除を続けていた。勝手のわからない汚部屋をただの部屋にするのは、なかなか骨が折れた。

茶渋だらけのマグカップ九個を給湯室に持っていき、漂白剤に浸ける。

「よし。あとは掃除機かけて……」

研究室に戻ると電話が鳴っていた。プププ、プププと短い呼び出し音。この手の電話機は呼び出し音で内線と外線を区別しているはずだった。この音はどちらだろう。わからないが、ええいと気合いを入れて子機を取る。

「S総合大学、脳科学研究所、しぇんじょうけっ、けんきゅうしつ……」

思い切り噛んだ。すごく言いづらい。相手は研究協力課の職員だった。ということは、短い呼び出し音は内線。

『先生います？』

「席を外しています」

としか、行き先を聞いていない陽乃には答えられなかった。

『おとといメールでも送ったんですけど、研究室のホームページ用の原稿をまだいただいてないんですよ。おとといが締め切りなんですけどねえ。山影さんのメールアドレスはもう配布されてますよね？　今日から先生への連絡事項メールにｃｃで入れますので、原稿の件、先生に伝えておいてくださいね！』

早口でまくしたてられ、陽乃は子機を握りながらぺこぺこと頭を下げた。

「すっ……すみません。必ず伝えておきます」

電話を切り、メモを書いてから掃除機をかけはじめる。電話の相手の苛立《いらだ》ちっぷり。きっと相当怒っているに違いなかった。おそらく千条は提出物の締め切りを守らない人なのだろう。

その時、突然背後に人の気配を感じて振り向いた。千条がむすっとした顔で立っている。陽乃は掃除機を止めてにこやかに話しかけた。

「お疲れ様です。たった今――」

返事がない。さすが、佐和が「機能を研究に全振りしたロボット」と呼ぶだけある。表情が乏しくて、なにを考えているのかよくわからない。眼鏡がないせいで目を細め、陽乃をにらんでいた面接時のほうが、よほど人間らしかったと思えてくる。

「あなたがそこに立っていると僕が通れません」

陽乃は慌ててわきによけた。

「すみません、気付かなくて！」

「どうも」

千条はサンクチュアリ――陽乃はパーテーションの向こうをこう呼ぶことにした――にひっこんだと思ったら、顔だけひょいと出した。

「僕のカップは……」

「今、漂白しています。お使いになります？」

「いや。結構です」

するとと今度はミーティングテーブルを指さす。

「そこにあった箱はどうしましたか」

テーブルはさっき片付けたばかりだ。その上にあった箱といえば――ペンケースのように使われていたお菓子の缶と、コード類が入った段ボール箱。どっちだろう。おそるおそる尋ねる。

「ペンが入っていたほうでしょうか？」

「そうです」

よし、当たった。

陽乃は、ふたをして棚にしまった缶をもう一度取り出した。千条はそれを黙って受け取ると、椅子に座り、ふたをはずしてテーブルの元あった場所に置いた。それからペンを丁寧に並べなおす。どうやらペンの配置は厳密に決まっているらしい。

「これは必要です。このテーブルでこうやって全部のペンを見渡せないと困る」

「……すみませんでした」

まだなにかが気になるようだ。テーブルのまわりを見回している。

「ここにあった旅程表はどこですか？」

「旅程表ですか？　捨てましたが……」

そう答えるやいなや、千条は人間とは思えないような奇声をあげた。

「クアアアアアッ！」

驚いた陽乃もつられて、ひっぃぃっ、と叫ぶ。

「なんてことするんだ！　どこにある！」

「ゴミ置き場に――」

言い終わらないうちに、千条は白衣をひるがえして部屋を飛び出していった。

「先生、ゴミ置き場は鍵がないと入れません！」

慌てて鍵をつかみ、千条を追いかける。棟一階の一番端にあるゴミ置き場に着くと、千条は苛立たしげに腕組みをしながら、陽乃がドアの鍵を開けるのを待っていた。

中に入る。ゴミでいっぱいになったビニール袋を開けて、二人は旅程表を探した。ここにあるのは同じようなゴミ袋ばかりである。陽乃ももうどの袋に入れたのか忘れてしまった。中身を放り出しながら探すうちに、ゴミ置き場は紙くずだらけになってしまった。

そして十分ほど経《た》った頃、陽乃が見覚えのある一枚を発見した。

「先生、ありました！」

しわくちゃになっていたが、伸ばせばなんとかなりそうだ。破いて捨てなくてよかったと、これほど思った瞬間はなかった。千条は奪うようにそれを受け取った。

「これは捨てちゃいけない。非常に大切なんだ。あなたにはゴミに見えても、僕にとってはゴミじゃないものもある」

陽乃は頭を下げて、ただただ謝るしかなかった。

「本当に……すみませんでした。次からはしっかり確認して――」

千条は心底ほっとしたような表情を浮かべ、旅程表のしわを伸ばしてたたむと白衣のポケットにしまう。心なしか息も上がっているようだった。

「大声を出して申し訳ありませんでした。あんなところに置いておいた僕が悪い」

意外にもあっさりと謝罪する千条を前にして、陽乃は逆に動揺した。

「僕はこの大学に来て四年目ですが、他人があの部屋を掃除したのは今回が初めてだったもので」

「……掃除、しないほうがよろしいでしょうか」

「いや。してください。お願いします。僕はここを片付けたほうがいいですか」

「ええと……」

これはなにを質問されているのだろう。陽乃はありったけの集中力を総動員して千条を見上げた。すると気まずそうな声が返ってくる。

「僕は掃除およびゴミの扱いに慣れていません。慣れるべきであることは承知しているが、いまだに慣れずにいる。山影さんが片付けたほうがいいと判断するなら片付けます。必要がないと判断するなら研究室に帰ります」

あてつけでもからかっているわけでもなさそうだった。つまり、掃除のやり方がわからないのだ。陽乃が指示を出せば、すぐにでも散乱した紙くずを拾い集めだしそうだった。不注意で大切なものをゴミ箱行きにしてしまった手前、千条にそんなことをさせるわけにはいかない。

「いえいえ！　私がやります！　先生は部屋にお戻りください！」

千条は生真面目にうなずくと、散乱したゴミを踏み越えゴミ置き場から出ていった。やっと落ち着いた陽乃は、紙くずを拾い集めながらつぶやいた。

「機能を研究に全振りしたロボットって、こういうことなのか」

研究室に戻った陽乃は、なるべくよけいなことはしないようにおとなしくしていた。とはいえ、業務を遂行していくためには、コミュニケーションを取らずに過ごすわけにもいかない。

「先生、よろしいでしょうか」

パーテーションに向かって声をかけると、ぼそぼそとした返事があった。

「何件ですか」

「何件、といいますと……」

「用件は何件でしょう」

「用件は、一件です」

反射的に答えてしまった。留守番電話になった気分である。やりにくい。

「内容を教えてください」

「はい。おとといが締め切りのホームページ用の原稿がまだ提出されていないので、催促のお電話が来ました。提出してください。詳細はメールを参照してください」

なるべく無駄のない説明をしようとしたら、なんだか高圧的になってしまった。しかし千条は別段おかしいとは感じなかったようだ。あっさり答えが返ってきた。

「忘れていました。今日じゅうにやります」

そしてまた沈黙。キーボードをたたく音が聞こえてきた。タカタカタカ、タカタカタカ。

気まずい。息が詰まる。

でもわかったことがある。この先生はなにを考えているのかいまいちわかりづらいけれど、とりあえず怒っているわけでも機嫌が悪いわけでもない。それから、意思の疎通が図れないわけでもない。

何度か大きく深呼吸をすると、やっと生きた心地がしてきた。給湯室に行き、漂白剤に浸けておいたマグカップを、新品と見まがうくらいにきちんと洗う。それをキッチンペーパーを敷いたトレーに並べて研究室へ戻り、冷蔵庫の上に置いた。

「洗ったカップはここに置いておきます」

声をかけたが、ついに返事もなくなった。

ほっとこう。きっと機能を研究に全振りしている真っ最中なのだ。陽乃はチベットスナギツネの顔をして、そう思った。


一日目から意気消沈して帰宅し、キッチンで黙々と夕食の準備を始める。手早くほうれん草の胡麻《ごま》あえとなめこの味噌汁《みそしる》を作り、あとは昨日作った手羽中《てばなか》と大根の煮物、浅漬け、冷凍庫に入っているごはん。手を動かしていると気が晴れた。

しばらくすると妹の光里が騒がしく帰ってきた。二人は古い２ＬＤＫのマンションで一緒に暮らしている。

「何度見てもその前髪、すっげぇトガってんね！」

開口一番それだった。陽乃ががっくりと肩を落とすと、光里はケタケタと笑いながら洗面所に行き手を洗う。

「光里ちゃん、明日遅番なの？」

「もー、早番だっつったじゃん。カレンダー見てよ、カレンダー」

ふだんはこんながさつな口調の光里だが、職場である百貨店では、それはそれは丁寧で品のある接客をしていることを陽乃は知っている。

妹は要領がいいのだ。そういうところは、小さい頃とぜんぜん変わっていないなと思う。昔から楽天的で、生意気で、陽乃と違って顔立ちも性格も派手な、愛すべき女の子。くりくりとよく動く瞳は母親の風美子に似ていて、気っ風《きぷ》のいいところは、今はもういない父親に似ていた。

父が亡くなった時のことはよく覚えている。

陽乃は小学校四年生、光里はまだ幼稚園に通っていた。

「お腹《なか》が痛かったり頭が痛かったりしたら、我慢しないですぐにお医者に行くんだぞ」

父は病床で陽乃たちにそう言った。自分が医師の診察を受けた時には、すでに膵臓《すいぞう》のがんが進んでいたからだ。

「うん。わかった」

「陽乃は体が丈夫だし、とても優しい子だから、近くに困っている人がいたら助けてあげなさい。強い子だから、泣かずに頑張りなさい」

「うん。私、頑張るね」

そんな会話を、病院にいる父と陽乃は何度となくした。

風美子は父より十歳年下で、父は彼女のことをあまやかしていた。人懐っこくて、陽気で、楽しくて、寂しがりやだった。父が病気で臥《ふ》せたあとの風美子は、日々ぐずぐず泣くばかりでなにもできず、結局は父方の祖母と祖父、それから陽乃が、父の世話をしていた。

とはいえ、子供の陽乃ができることといえば、父に頼まれたものを病室へ持っていったり、お見舞いに来てくれた人にジュースを渡したり、そんなことだけだ。

あとは、泣き続ける風美子の面倒を見ること。光里についつい「ごはん食べた？」と訊いてしまうのは、父の入院中と死後しばらく、風美子が家事をほとんど放棄していたからだ。

お酒を飲んで泣いているお母さんはかわいそう。私がどうにかしないと、光里もお母さんも病気になってしまう。お父さんのように、いなくなってしまうかも——。

そうやって、あの頃の陽乃はいつもいつも心配していた。とくに光里のことは、陽乃が守らないといけなかった。光里は小さくて、すぐに壊れてしまいそうな子供だった。

ごはん食べた？

なにか作ろうか？

今でも陽乃があまりにしつこくそう言うものだから、光里には過保護だとウザがられているが、しみついた習慣だからなかなか直らない。

「陽乃ちゃんさ、前の派遣先切られたこと、お母さんに教えてないでしょ」

光里は自室に入り、ドアを開けっぱなしのままルームウェアに着替えている。陽乃は包丁とまな板を洗いながら、曖昧《あいまい》な返事をした。

「んー」

「早くしないとあの人また泣くよ？　ママを置いてけぼりにするー、ひどいー、薄情者ーって。風美子ってほんと、めんどくさい人だよな。山影さん、よくやってるよ。偉くね？」

「たしかに」

陽乃が二十二歳の時に、母親の風美子は、年上でグレーヘアで趣味がランニングの税理士、山影照幸《てるゆき》と再婚した。なんとなくふわっとした、頼りない印象の人。

すでに陽乃も光里も子供ではなかったから、特にわだかまりもなく、彼を「山影さん」と呼んだ。そして今でも「山影さん」で、家族という実感はない。山影の二人の息子はそれぞれ独立して結婚しているし、風美子たちは夫婦水いらずで過ごしているようだ。

再婚が決まりまっさきに陽乃が思ったのは、「これで私がお母さんの相手をしなくて済む」ということ。母はお姫様のようにおねだりをするのが上手な人でもあった。

――陽乃ちゃん、お隣のタカくんが夜中にギターを弾《ひ》いてうるさいから、注意してきてよ。

――陽乃ちゃんがこのあいだ買ったスカート、私のほうが似合うと思うのよ。

――陽乃ちゃん、ママね、ラーメンが食べたいから一緒にラーメン屋に行ってくれる？

ちなみにラーメンのくだりは、陽乃が風邪で寝込んでいる時の話だ。さすがに拒否すると、「そんなに具合が悪そうに見えなかったんだもん。体調が悪そうにしてくれたら誘わなかったのに」と、なぜか陽乃のほうに非があるような弁解をされてしまった。

面倒だと思いながらも結局は母のお願いを聞いてしまう。助けてから、やっぱり放っておけばよかったと後悔する。それの繰り返し。

「光里ちゃん、着替えたならごはんにしよ。お茶飲む？」

「いらない」

光里が食器棚から茶碗《ちゃわん》を出し、陽乃がガスコンロにやかんをかけた時だった。ローテーブルに置いてあった陽乃のスマートフォンが鳴った。風美子だった。陽乃は緊張しながら通話ボタンをタップする。

「もしもし。最近連絡してなくてごめんね」

横にいた光里が「あーあ。また謝ってるー」とつぶやく。電話の向こうの風美子はもしもしすら言わず、いきなりたたみかけてきた。

『ゴールデンウィークに伊那川《いながわ》くんと帰ってきなさいよ。ママ、待ってるから。のんびりできる立場じゃないのよ。年齢を考えて。陽乃ちゃんみたいな子は、照幸さんの税理士事務所で働かせてもらって早く結婚するのが一番だと、ママは思うの』

「まだ休みの予定がわからないから……」

それにこの前髪を見られたら、風美子にどんな文句を言われるか。想像するだけでも恐ろしい。

『結婚もしない、子供も作らないなんて、そういうのはだめよ。だめ。陽乃ちゃん、ただでさえ要領悪いんだから、ちゃんと考えないとだめ』

「うん。そうだね。わかってるよ」

通話しながら沸騰しかけたやかんの火を止め、急須にお湯を注ぐ。ちょっと沸かしすぎたかもしれない。お茶が渋くなりそうだ。

『光里なんかぜんぜんママに連絡くれないし。既読スルーするの。ねえ、冷たいよね。陽乃ちゃんもそう思うでしょ?』

「光里は忙しいんじゃないのかな」

光里に目を向けると、頭の上で手を交差してバツ印を作っている。

『光里も彼氏連れて帰ってきてって、そう言っておいて。みんなでどこかに行こうよ、そうしよう?』

「言うは言うけど、ゴールデンウィークは難しいと思うよ」

そのあともおとなしく母の話を聞き、通話を切ってため息をつく。光里がわめいた。

「彼氏連れて帰んないから。てか、お母さん、私の仕事知ってるよね？　ゴールデンウィークに休めるわけないじゃん。なに言っちゃってんの？」

母の声は丸聞こえだったようだ。

「既読つけたらリアクションしてあげなよ。もう大人なんだから。スタンプでもいいんだし」

「してるって。風美子は言うことがいちいち大げさなの！」

「そんなこと言わない。お母さん、かわいそうでしょ」

光里はむくれた顔で味噌汁をお椀《わん》によそう。たいていいつもこんな調子だ。二人揃って大人げない。どっちもどっち。

陽乃はキッチンに立ったまま、淹《い》れたばかりのお茶を飲んだ。

案の定、お茶は熱くて渋かった。

◆

翌朝、一階の研究協力課へ行くと、陽乃のＩＤカードができあがっていた。

「山影陽乃」という名前の上に、ポップにデザインされた脳みそのイラストがついている。

よく見れば、なんだか可愛《かわい》らしい脳みそである。

陽乃が研究室に行くと、もう千条は出勤していた。キャビネットの引き出しを開け、なにかを探している。

「おはようございます」

「どうも」

白衣の下からちらちらのぞいているTシャツには、世界的に有名なねずみのキャラクターが描いてある。おしゃれのつもり……ではなさそうだ。きっと肌が隠れれば、ねずみのTシャツでも葉っぱの腰巻でもなんでもいいのかもしれない。

探し物を見つけた千条が、突然口を開く。

「外出します。夕方まで戻りません。概要はあとでメールします。旅費は科研費から出してください」

「わかりました」

返事をしながら、陽乃は必死にメモを取った。メール、旅費、科研費——というのはたしか、「科学研究費補助金」のことだ。

「他になにかやることが——」

「ありません。以上です」

千条はそう言うと段ボール箱を器用によけて窓際へ進み、パーテーションの向こうに消えた。

一時間ほど経ったあと、ばさばさ、しゅるしゅると音が聞こえはじめた。これは、衣擦《きぬず》れの音？　いったいなにをしているのだろう。

不思議に思って音のするほうを見ると、ときおりパーテーションの上に頭だけがのぞく。気にはなるが、不用意に立ち入るなと言われているから近づいていってのぞくわけにもいかなかった。

陽乃はマウスをクリックしてファイルを開きながら、耳だけは千条のいる窓際に向けていた。鶴の恩返しに出てくる老夫婦は、こんな心持ちだったのではないだろうか。

しばらく経つと、おとといと同じスーツ姿の千条がパーテーションの向こうから現れた。

陽乃は思わず椅子から立ち上がってしまった。

「先生！　そこで着替えたんですか！」

「ええ。なにか不都合でも？」

髪はワックスでオールバックにしてあった。足元はサンダルから革靴に変わっている。完全にヤクザモードだ。

「いやあの……不都合というか……言ってくだされば席をはずしたのに……」

「見えないのだし問題ないでしょう。ではよろしく。時間がない」

千条はショルダーベルトのついた黒いバッグをつかみ、あわあわしている陽乃を無視し

て大股歩きで部屋を出ていった。しばらくすると、

「眼鏡を忘れました」

戻ってきて眼鏡をかけ、今度は走って出ていった。

陽乃はあっけにとられて、ゆっくりと閉まっていくスライドドアを眺めていた。あんなに目が悪そうなのに、どうしたら眼鏡の存在を忘れられるのだろう。近眼でコンタクトレンズをつけている陽乃にとっては理解不能だ。

「ロボットだからかな」

そんなわけはない。それに、あのショルダーベルト付きのバッグはヤクザスーツにはぜんぜん似合わない。

その時、ノックもなくドアが開いた。

「ちーっす。今ヒマっすか?」

入ってきたのは千条研究室の博士課程二年生、高柳圭《けい》。昨日、挨拶《あいさつ》だけは済ませていた。彼の第一印象は「とにかくチャラい」だった。

「ヒマと言いますと」

圭はヘッドフォンを首にかけ、リュックを背負ってにこやかに笑っている。白いTシャツにベージュのニットカーディガン、黒いパンツ。どこにでもいる大学生のような服装をしているのに、圭からはチャラさがにじみ出ていた。きっと芯からそうなのだろう。

「サボってどっか行きません？」

陽乃は冷静さを保ったつもりだったが、表情には出ていたようだ。圭は慌てて「嘘、嘘。嘘だから」と撤回した。

「冗談っすよ。お願いしたい仕事があるんだけど、いいすかね？」

「そうでしたか。びっくりしました」

この人はスマートフォンに鏡アプリを入れているに違いない。陽乃は確信した。彼は陽乃が抱いていた理系大学院生のイメージとはだいぶかけ離れていた。理系男子といえば、たとえばそう、おとといスーパーの前で自転車を将棋倒しにしていた人だとか、今日の千条のような感じの――。

「あ、今俺のこと、チャラいって思ったっすよね？」

圭がにやにやと疑いの目を向けたので、陽乃は首を振る。

「いいえ、まさか。そんなことないです」

「いや、思ったよね。理系大学院生っぽくないって。理系は全員チェックのシャツ着たオタクみたいなやつだって思ってたっしょ？　うんうん、だよねー。でもいまどき理系の院生なんてだいたいこんなもんすよ？」

図星だったので、陽乃は取り繕《つくろ》うように目を細めた。

「ところで合コンやりません？」

「は⁉」

　さすがに愛想笑いも消え去った。この人、チャラいうえに、人を巻き込むオーラが出すぎている。陽乃は警戒して一歩うしろに下がった。

「いや、だってさ、山影さんって真面目な友達たくさんいそうっていうか。役所とかで働いてる友達いないっすか？　あ、学校の先生もいけます。ぜんぜんオッケーっす！」

　真面目な友達はいるけれど、合コンをする気はまったくなかった。一ミリも。

　陽乃としては、ここはなるべく穏便にお断りをしたいし、波風立てずに興味がないという意思を示したい。これから一緒に仕事をしていく相手なのである。

「すみません、そういうのは苦手なので」と正直に言うべきか。それとも「思い当たる友達はみんなもう結婚しているので」と嘘でてきとうにごまかすべきか。

　言葉を選びあぐねていると、圭は「冗談っすよ」と笑った。いいようにからかわれているような気がする。

「ところでお願いしたい仕事なんすけど」

　話がぽんぽん変わっていくので陽乃は戸惑った。

「そんなビビらなくてもダーイジョーブ。俺がやるはずだった仕事だから、難しくないっす。実験の進捗《しんちょく》が悪くて、午前中どうしても手が離せなくなっちゃったんだよね」

　陽乃だって社会人歴はそこそこあるのだ。それに、佐和から聞いた「先生も研究員も秘書を警戒している」という話もひっかかる。ここは戦力になることをアピールすべき場面だろう。

なにかをアピールすることは陽乃が最も苦手としていることだが、せっかく紹介してもらった仕事を今手放すわけにはいかない。だから力強く言い切ってみた。

「もちろんです。喜んでお手伝いします！」

「じゃあ、大部屋に来てもらってもいっすか？」

圭からの依頼は、「届く荷物を受け取るだけ」というものだった。

大学院生と、三年や五年で雇用が切れる任期付き博士研究員は、二階三階の大部屋に自席があった。千条研究室に所属する高柳圭と辻ナオは、三階の大部屋「３０１」にいる。

大部屋は雑然としていた。机を向かい合わせに並べた島が三列あり、壁際にはキャビネットやコピー機、シュレッダーなどが並んでいる。

それぞれの机はパーテーションやラックで仕切られ、基本どの机にもパソコンが一台以上ある。個人スペースのレイアウトは、みんなてんでばらばら。好き勝手にアレンジしていた。

美少女フィギュアが何体も飾られているラック、Ｋ－ＰＯＰグループの写真があちこちに貼ってあるパーテーション、パソコンキーボードが埋まるほど書類とカップ麺《めん》が山積みにされている机、ブランケットもペン立てもなにもかもがピンク色に統一されているスペース、本物の猫そっくりの猫クッションが置いてある椅子。陽乃は本物の猫と見間違え、びくっと身をすくめて二度見してしまった。

なんだかとてもフリーダムな空間。

「ここね、ここが俺の机なんすけどー」

圭が猫クッションの置いてある椅子を引いたので、陽乃はぶはっと噴き出しそうになった。まさか二度見クッションの席だったなんて。圭は机上ラックに束になって差し込まれている書類入りクリアホルダーから、一つを抜き取った。

「これ、一号館の人事課に提出してほしいんすよ」

「荷物を受け取るんじゃなかったでしたっけ？」

「それもお願いします。受け取る荷物はパソコンとラットと外付けＳＳＤっすね。業者さんが午後イチで来るんです。ＳＳＤってわかります？」

「はい。ハードディスクみたいな機械……ですよね？」

「それ。で、それはともかく、実はこれ今日の午前中が提出期限なんす！　一つどうか！」

圭が両手で持ったクリアホルダーを差し出しずばっと頭を下げたので、つられて陽乃ががしっと受け取ってしまった。ホルダーの中には「労働条件通知書兼同意書」と書かれた書類が入っている。

「わかりました」

するとと、島の奥の席に座っていた女性が立ち上がった。秘書を警戒しているという例のポスドク、辻ナオである。

「同意書、持ってってくれるの？」

シンプルな黒いワンピースを着た彼女は、小柄で、髪をうしろで一つにまとめていた。北欧《ほくおう》の童話に出てくるおだんご髪の女の子みたいだった。カバに似た生き物が出てくる、あの童話である。年齢は陽乃より少し年上らしい。机のまわりはすっきり片付いていて、最低限必要なものしか置いていない。きっと几帳面《きちょうめん》な人なのだろう。

仏頂面《ぶっちょうづら》をしたナオは、同意書の入ったクリアホルダーを手渡すと、陽乃を見据えた。

「買い物も頼んでいいですか？」

買い物とは？　陽乃はなにを尋ねられているのかさっぱりわからず、ぽかんとしてナオを見つめた。ナオはあからさまにうんざりした顔をする。

「薬品なんですけど」

「はい。薬品ですね……ええと……」

動揺した陽乃は、受け取ったクリアホルダーをひらりと床に落としてしまった。それをナオが無表情のまま見つめ、

「やっぱいいや。五十嵐さんに頼むから」

くるりと踵《きびす》を返す。

「ちょっと待ってください！」

陽乃は慌ててクリアホルダーを拾って呼びとめる。自分がやるべき仕事なのだから、自分でやりたい。それに、別の研究室の秘書である佐和にあまり迷惑をかけたくなかった。

「いちおう話は聞かせてください。あとでまた聞きに来るかもしれませんけど……」

ポケットからボールペンと小さなノートを取り出す。しばらくは研修期間みたいなものだから、メモ帳は必須アイテムだった。ナオは陽乃を値踏みするようにじっと見て少し考えたあと、圭の机の上にあった付箋《ふせん》を手に取った。

「口頭で言っても、薬品名を聞き取れないと思う」

ナオは付箋にするするとなにかを書きはじめた。しかし途中でぴたりとペンを止めて、じっと目を閉じる。なんだか顔色があまりよくないように見えた。

「……具合、悪いんです？　風邪ですか？」

ナオは迷惑そうな表情で首を横に振り、剝がした付箋を陽乃に渡した。またよけいなことを言ってしまったのかもしれない。

「ぜんぜん具合は悪くないです。それよりこの薬品、業者さんに追加で注文して見積書を作り直してもらってください。昨日のうちに他のものはまとめて見積書をお願いしてあるから、今日中に連絡すれば、昨日の注文分と一緒に持ってきてくれると思うんで。千条先生の承諾はもらってます」

「業者さん……ですか」

「そう。ウエダリカです」

ウエダ、リカ。呼び捨てだ。業者さんは女性なのか。やっぱりこの人、怖い。苦手かもしれない。

「ウエダリカさんですね。わかりました」

「よろしく」

ナオが席に戻ってからも次々に人が集まってきて、陽乃に同意書を手渡してくる。存在感が薄くて見落とされがちな陽乃のまわりにこんなに人が集まってくるなんて、七五三以来かもしれなかった。あの時は母が選んだ着物の柄——桃色に黒い大きな花モチーフが散らしてある——がモダン過ぎて人目を引いたのだ。自分が可視化されていることがひしひしと伝わってきて戸惑った。陽乃は当時すでに、片隅でひっそり生きていたいタイプだったから。

「一号館ですよね？　持っていきます」

ほいほいと調子よく受け取っていると、つや肌つやグロスの女の子がタタタと小走りでやってきた。シャーベットオレンジ色のシフォンスカートが目にまぶしい。学生さんかな？　陽乃が笑いかけると女の子は言った。

「奈爪《なつめ》りりかですー。あっちの、丸伊《まるい》研究室の秘書ですー。あっちの」

りりかは根元にビジューのついたオレンジ色のネイルで、ドアの外を指した。学生ではなかったし、よく見ればもしかしたら陽乃より年上かもしれなかった。

「同意書持っていってくれるんですかー？　私も頼んでいいですかー？」

そう言いながら「あっちです、あっち」とりりかが早足で大部屋の外へ出ていくので、陽乃もついていかないわけにはいかなかった。謎の妖精に道案内されている気分。うまいこと誘導されているような気がする。

「同意書だけは構内便で届けちゃダメって言われるんですよねー。一号館ってここから遠いじゃないですかー。だからみんなギリギリまで持っていかないんですよー」

りりかがエヘへと無邪気に笑った。やっぱりうまいこと罠《わな》にはまった気がしてきた。

途中で通り過ぎた研究室のドアのスリットから、中が見えた。殺風景な部屋に男性が床にあぐらを組んで座り、両腕を天井に突きあげている。陽乃は驚いて立ち止まった。いったいなにをしているのだろう。これもなにかの研究の一環なのだろうか。

「あの、あの、奈爪さん！」

「なんですー？」

少し前を歩いていたりりかが、立ち止まって振り返る。

「あの部屋の中の方、床に座ってこんなことしてらっしゃるんですが、大丈夫でしょうか?」

陽乃が両手を天井に向かって突きあげると、りりかがネイルの光る指で陽乃をびしっと指す。

「あー、それ。大丈夫ですよー。あの先生それよくやってますから。瞑想《めいそう》なんだそうですー」

「瞑想……」

佐和の言ったとおりである。一張羅がヤクザスーツの、機能を研究に全振りしたロボット先生がいたり、猫クッションを椅子に置いたチャラ男《お》くんがいたり、北欧童話に出てくるような研究員――ただし秘書を目の敵《かたき》にしている――がいたり、研究室で一人瞑想にふけっている先生がいたり、手のひらにこんもりと蚕の幼虫を載せている人もいた。

たしかに、陽乃の切りすぎた前髪のことなんてここではたいしたことではないし、誰も気にしていない。短い前髪を隠す必要はなかったのだ。

りりかが丸伊研究室のドアを開けると、ぶわっとソースのにおいがあふれ出してきた。

「ソースくさいでしょー? 昨日、夜にタコパやったらしいんですよー」

「タコパ……たこ焼きですか? ここで?」

冷蔵庫の上を見ると、洗ったばかりらしいたこ焼き用のプレートが伏せてある。

「そうそう。たまにやってますねー。丸伊先生、上手なんですよー、たこ焼き作るのが。

今度来てくださいね、タコヤキ・パーリー。服ににおいつきますけどねー」

パーティーの発音がネイティブだった。聞けば、りりかは帰国子女で、英語とフランス語と日本語との三カ国語が使えるらしい。

「私、十七まで海外にいて……あ、帰国っぽくないでしょー？　でも私はこのスタイルが好きだからずっとこれなんです。ギークとかナードとか、さんざん言われましたけどねー」

おっとりとしゃべりながらも、りりかの手はてきぱきと書類をクリアホルダーに入れ、それをベビーピンク色の大学ロゴ入りトートバッグに入れる。

「書類入れてくバッグないでしょう？　一つあげますね。二つあるからー」

「ありがとうございます」

ちょっと待ってくださいね、と言って、りりかが隣の研究室のドアをノックした。すぐに男性が現れた。アンダーリムの眼鏡の奥で、大きな目が生真面目そうにくりくり動いている。

「この人は、梶所長の研究室の技術補佐と秘書業務を両方やってる、竜ケ崎《りゅうがさき》太郎《たろう》さんですー」

「ああ、どうも。千条研究室に新しく来た方、ね」

太郎の言い方には、どこか含みがあった。前任の秘書たちの悪行が陽乃の印象を悪くしているに違いなかった。挽回《ばんかい》しなくちゃと、陽乃は丁寧に挨拶をする。

「はじめまして。不慣れでご迷惑をおかけすることもあるかもしれませんが、どうぞよろしくお願いいたします」

「はい、よろしく」

太郎に冷ややかな視線を向けられ、陽乃は戸惑った。

「山影さん、だっけ。やりづらいでしょう、千条先生。なに考えてるか読めないし」

陽乃は曖昧に笑ってごまかした。そんなに悪く言われる筋合いは、ない気がする。

「昨日が初日でしたし、先生のことも業務のこともまだよくわからなくて」

「そりゃそうか。まあなんていうか……頑張ってください」

太郎の苦笑がすべてを物語っていた。きっと、「こいつもまたすぐに辞めるだろう」くらいに思われているのだ。あー、これはやりづらいなあ。そう思いながら陽乃はベビーピンク色のトートバッグを肩にかけ、

「では、行ってきます」

あわただしく一号館へ出かけていった。

◆

キャンパスの端にある研究棟は一号館から最も離れていた。

深呼吸をして伸びをすると、少しは不安も晴れてくる。空は青く、気温も肌に心地よい。

ふと見ると、ビジターカードを首から下げたスーツ姿の男性が、道をうろうろさまよっている。明らかに迷子だ。

「どうされました？」

振り返った男性は、額に汗を浮かべていた。アポイントの時間に遅れそうなのかもしれない。

「三号館を探しているんですが」

「三号館ならあちらですよ」

陽乃もこのキャンパス内の正確な地図を知っているわけではないけれど、いちおう訪問前にさんざん眺めてきたから、三号館の場所なら覚えている。

「ああ、あの建物ですね。助かりました」

男性が去ると、陽乃はまた歩き出した。一号館に到着し、人事課の受付で書類を渡す。

ところが、しばらく待たされたあと、何枚かが差し戻された。

「印鑑がありません」

「印鑑？」

戻された書類を見ると、たしかにサインの横に捺印《なついん》がされていない。しかも一人だけではなかった。数えたら捺印漏れが六人もいた。六人とは、みなさんいくらなんでも忘れすぎ。もしかしたら、研究所の人たちは一事が万事こんな調子なのではないかと不安になる。

「それから千条先生って、そちらの研究所にいる方ですよね」

人事課の女性がぶっきらぼうに言った。

「ええ。そうですけど……」

「千条先生のサインが必要な書類、戻ってきてないんですよ。山影さんという方の雇用契約に関する書類」

ああそれは私の契約の書類です、と喉元《のど》まで出かかった。もしかしてとても大事な書類なのでは？　このまま忘れ去られてお給料がもらえなかったら困る。とても困る。

「あの先生いつも遅れるんですよね。提出期限、明日です」

「すみません、申し訳ありません。必ず明日、提出します」

昨日は研究協力課から電話で原稿を催促され、今日はこれである。陽乃が怪しんだとおりだった。千条は締め切り破りの常習犯なのだ。

とりあえずは、午前中が提出期限の同意書をどうにかしなければ。のんびりしていたせいでもう十一時を過ぎていた。大急ぎで研究棟へ歩いている途中、さっき道案内をした男性にでくわした。軽く会釈《えしゃく》すると、男性が汗だくで駆け寄ってきた。

「三号館、逆でした」

「え？」

「あっちじゃなくて、あっちでしたよ」

男性が示したのは、まったく逆の方向だった。

「そうでしたか！　申し訳ありません！」

陽乃があわあわ両手を振り回して平謝りしているうちに、男性は走り去ってしまった。

またよけいなことをしてしまった。でも陽乃の頭の中の地図では、三号館は逆の方向にあったのだ。

「情けない。私の記憶力って、とことん信用できない。ごめんなさい」

罪悪感と戦いながら大部屋に走って戻る。あちこちの部屋を駆け回って印鑑を押さなかった人を見つけ出し、捺印してもらい、どうにかギリギリで人事課に滑り込んだ。

ランチタイムが三十分しかなくなってしまったが、ブラック企業を経験したことのある陽乃にとっては、たいしたことではない。

それよりなにより、このやり切った感。

あの男性にとんだ迷惑をかけてしまったこと以外は、うまくやれたような気がした。

「やり切った……」

言葉に出してみたら、ますますやり切った気分になれた。

思えば、新卒で就職したブラックITベンチャー企業も、そのあとに転職した印刷会社も、正社員でいた会社では営業部の前線で仕事をしていた。そしていつだってうまく仕事をこなせずに、上司に叱《しか》られていた。派遣社員になってからも似たようなものだった。よく考えればまったく適正のない業務に就いて、それに気付かないまま仕事をしていたのかもしれない。

「私、そもそも前に出るの好きじゃない。そもそもが間違ってた」

一歩下がって誰かのサポートをしているほうが燃える。ゆるやかに燃えてくる。陽乃は今、たぶん燃えていた。

午後一時を過ぎるとすぐに、これから荷物を配達すると業者から電話がかかってきた。佐和の説明によれば、荷物は別の棟でまとめて検収を受けてから、この研究棟にやってくるのだそうだ。

陽乃は業者からノートパソコン一台と外付けSSD一台を受け取ってサインをし、昨日片付けたばかりのミーティングテーブルの上に置く。

「マウスも届くって言ってたけど、ノートパソコンに同梱《どうこん》されてるのかな」

このあと圭にこれを渡せば、圭から依頼されたミッションは終了である。陽乃は自分のパソコン内のファイル整理を始めた。

ところがしばらくして別の業者がやってきた。小さめの衣装ケースのような箱を抱えている。

「こちらでいいですかね？」

業者の男性は、慣れた手つきで箱を廊下に置いた。しかし、受け取るはずの荷物はもうすべて届いたはずだ。もしかしたら、まだ届いていないマウス？　それにしては箱が大きすぎる。

「こちらは、なんでしょう？」

陽乃がにこやかに尋ねると、男性もにこやかに答えた。

「いつものラットですが」

「……ラット。マウスではなく、ですか？」

「そうですねぇ。どちらかといえばラットですね」

「マウスではなく？」

陽乃は右手をあげ、空中でマウスをクリックする仕草をした。男性も同じ仕草をする。

「そのマウスではなく」

「まさか本物のネズミ⁉」

陽乃は箱から飛びのいた。ネズミは大嫌いなのだ。

陽乃が高校生だった頃、実家のマンションにネズミが出たことがあった。夜中にトイレに起きた陽乃は、お風呂場の前で生温かくぐにゃっとしたものを踏んだ。床を走っていたネズミだった。走るネズミをピンポイントで踏むという確率は限りなく低いに違いないのだが、陽乃はよくこういう不運に見舞われる。ネズミは潰れ、陽乃は絶叫し、それ以来ネズミが苦手になったのだった。

スリッパ越しに感じたあの感触は、もう二度と思い出したくない。

「……あの、これ、箱から出てきませんよね？」

「ネズミのほうから出てくることはないですね。人間が開けない限り」

陽乃は疑わしそうに箱を横目で見ると、受け取りのサインをした。

それにしても。

業者の男性が去ってから、陽乃はドアの前に立ち、考えた。圭は「パソコンとマウスとＳＳＤ」と言ったはずだ。メモ帳を開いてみる。

ところがそこには箇条書きで「パソコン、ラット、ＳＳＤ」と書いてあった。

「なんてこと。自分でラットって書いてる……」

陽乃の頭の中には、圭から話を聞いた時からすでに、パソコンのマウスの映像が浮かんでいたのに。驚いて立ちすくんでいると、背後から声がした。

「そこにいられると僕が部屋に入れません」

ヤクザコスプレをした千条が立っていた。

「すみません！」

陽乃はおそるおそるラットの入った箱を持ち上げ、研究室の中に入った。動き回る音までは聞こえないものの、箱の中では生き物の気配がしている。落としてしまう前にミーティングテーブルの上に置いて、またメモを眺める。

「私の記憶はいい加減だな」

もともと陽乃はひとりごとが多い人間だった。小声でつぶやくと、千条が振り返った。

「なにか言いましたか？」

「あっ、いえ、その――」

陽乃はかいつまんで話をした。自分でメモに「ラット」と書いたにもかかわらず、ずっとパソコンのマウスだと思い込んでいたこと。それから、ビジターの男性にまったく逆の方向にある建物を教えてしまったこと。

千条が肩からかけていたバッグを、ミーティング用の椅子にどすんと置いたので、陽乃はびくっとあとずさる。機嫌を損ねるようなことを言ってしまったのだろうか。

ところが千条は、キャスター付きのホワイトボードをガラガラと引っ張ってくると、そこに正方形を描きはじめた。下に三個、上に三個――最終的に正方形は六個。陽乃にはだんだんわかってきた。この学校のキャンパスマップである。

千条が右下にある正方形を赤いマーカーの先でとんとんとたたく。

「山影さんはこの建物を三号館だと教えたのではないでしょうか」

「そのとおりです。なぜご存じで……まるで探偵のようです」

「違います。研究者です」

千条の持つマーカーが、左下の正方形から順に右へ移動し、「Z」を鏡映しにしたような線を引いていった。

「人はこういったものが並んでいたら、無意識に端から通し番号で並んでいると考えるものです。それが自然であろうと考えますし、なにより記憶しやすい。事前にキャンパスマップを見ていた山影さんは、この建物を、一、二、三号館と記憶したのではないですか。しかし実際は――」

陽乃が三号館だと思い込んでいた正方形と対角線上にある正方形、つまり左上の正方形をマーカーでつつく。

「こちらが三号館です。右下は四号館。ここだけ順番が逆なのです」

「……なるほどです。でもなぜ？」

「知りません」

千条が真顔で言い切ったので、陽乃は神妙にうなずくしかなかった。

「そしてラットとマウスを間違えたのは、山影さんは実験動物になじみがないうえに、パソコンと聞いて当然パソコン用のマウスが到着するだろうと予測したからでしょう。パソコンもＳＳＤも機械です。注文されたものはすべて機械であると思い込み、山影さんの中ではラットがマウスに書き換えられてしまった。ちなみにＳＳＤがなにか知っていましたか」

「知ってはいましたが、高柳さんに知っているかと確認されました」

「なるほど。ＳＳＤに気を取られ、なおさらラットのことが忘れられた。脳はよく間違いや思い込み、錯覚を起こします。それを利用してマーケティングが行われることもあります。たとえばこのくじ引きは七十パーセント当たります、と言われるとくじ引きをしたくなるが、三十パーセントは外れるんですよと言われると、したくなくなる。どちらも確率は同じですが、くじを引かせるには前者の文句のほうに効果がある。以上です」

千条がマーカーにカチッとキャップをはめる。

千条の言うとおりだった。陽乃は機械が三つ届くと信じて疑わなかったのだ。まさか生き物がやってくるとは想像もしなかった。陽乃は驚きのため息をついて、パチパチと拍手をした。手品でも見ているような気分だ。

「すごく腑《ふ》に落ちました。先生は、そういう研究をしてらっしゃるんですね」

「していません。僕の専門は神経生理学で、認知心理学ではない」

その二つにどんな違いがあるのか見当もつかなかったが、陽乃は「そうでしたか」と微笑んだ。千条は我に返ったようにホワイトボードを元の位置に戻した。そしてバッグを持つと、そそくさとサンクチュアリにひっこんでいく。

三号館とラットのことは腑に落ちたけれど、まだ他になにか忘れていることがあるような気がした。こんな時こそ、メモ帳。陽乃がメモ帳を開いて確認すると、「私の契約」と書いてあった。

「用件、もう一つありました！　私の契約書類を人事課に提出していただけますか」

するとパーテーションの向こうから「忘れていました」とあちこちをひっくり返して書類を探す音が聞こえてきた。なかなか見つからないようだ。その音にまぎれて、千条の声がする。

「山影さん。あなたは面接の当日、スーパーの前で倒れた自転車を起こしましたね」

陽乃はぎょっとして体を固めて宙を見つめた。

「はい。そういえばそんなことが」

陽乃は思わずパーテーションを指さして「あーっ！」と大声をあげてしまった。

あの白衣の男は千条だ。

似たような人がこの研究棟にはたくさん生息しているから、今の今まで気がつかなかった。

「急いでいるならわざわざ手伝わなければよいものを。僕は助かりましたが、あなたに得は一つもなかったはずですし、場合によっては面接に間に合わなかったかもしれない」

「得はないですけど……近くに困っている人がいたら助けろと、父に言われてるんです」

「よいお父様ですね」

「はい。ずいぶん前に亡くなりましたが、よい父だったと私も思っています」

すると、パーテーションの上からワックスでなでつけた頭がのぞいた。黒縁眼鏡の奥の目がこちらを見つめている。

「失礼しました」

「いえ、大丈夫です。ぜんぜん。気にしないでください」

陽乃が笑うと、さらにサンクチュアリの向こうからぬっと右手が出てきた。書類が一枚握られている。

「雇用契約の書類です。提出してください」

陽乃はパーテーション越しに書類を受け取った。私に関する書類を当の私が見てしまっていいのかなと思ったものの、もうこうなったら誰が提出しようが期日内に出せればいい。

陽乃としては上司につきまとう「期日を守らない」「なにを考えているかわからない」という悪評を、なんとしてでも覆《くつがえ》したかった。

なぜかというとたぶん、この仕事に燃えはじめているからだ。陽乃はゆるゆると燃えていた。

それに、上司が意外といい人間に思えたからでもある。機能を研究に全振りはしているけれど、ロボットではなくて人間。

先生はけっこう人間なんじゃないかな。陽乃にはそう思えたのである。

2

Noken Labo.

ドキドキは都合よく解釈されるものである

「変わった人が多いんだけど、中でもどうやら一番変わってる先生の研究室みたいなんだよね」

勤務二日目の夜、陽乃《ひの》は恋人の伊那川優斗《いながわゆうと》と久しぶりに会って食事をした。イタリアンのファミリーレストラン。全国展開のチェーン店である。

世の中には、デートでこんなお安いファミレスに連れていかれると激怒する人もいるらしいが、陽乃はちっとも気にならなかった。料理はそこそこ美味《おい》しいし、ワインだってある。おまけに良心価格だなんて、合理的でいいことずくめだ。

もちろん支払いはいつでも割り勘。二人とも収入があるのだから当たり前、というのが二人の考え方だった。

「へえ。まあ、よかったんじゃないの。仕事が見つかって」

「うん」

「午後から夜中にかけてが活動時間の研究員もいるらしくて、研究所は二十四時間営業なんだって。私は時間外に行くことはないみたいだけど」

「そう」

会話がとぎれ、陽乃はほとんど残っていないペンネにフォークを刺した。店内のＢＧＭと喧騒が沈黙を埋める。優斗がグラスのビールを飲み干し、ワイシャツの袖口《そで》からのぞいた腕時計をちらりと確かめた。

陽乃には見覚えのない、オメガの時計だった。

「そんなの初めて見た。オメガの時計、二本目だよね？　いつの間に買ったの？」

「わりと最近。一目惚《ぼ》れして、気付いたら買ってた」

一目惚れ……？

陽乃はあからさまに動揺しながら時計を見つめた。今まで優斗の月々の収入について、詳しく聞いたことはなかった。それがマナーであるような気がして踏み込めなかったし、なにしろそんなことを尋ねてがっついていると思われるのは嫌だった。まさか一目惚れでオメガの時計をぽんと買えてしまうくらいの高給取りだったとは。

「ずいぶん思い切ったね」

「まあね」

夜の九時四十五分。早くもない夕食の時間だった。

「そろそろ帰ろうぜ」

「ちょっと待って。まだ食べ終わってないから」

優斗は陽乃にできた初めての恋人で、付き合いだして三年が経《た》つ。三年にもなると、沈黙が訪れてもあまり気まずくはならなかった。陽乃にはこのくらいのこなれた関係のほうが心地よい。そもそも陽乃は少し冷めているところがあったし、友達同士でコイバナに燃え上がるような性質《たち》でもなかった。

「このペンネ、けっこう辛くて」

「そりゃそうだよ。アラビアータなんだから」

たいていの時間を二人は機嫌よく過ごしてきたし、これからも穏やかに過ごせるはず。だから陽乃は二人で次のステップのことを——つまり、結婚について考えてもいいと思っていた。

今までは正社員採用か紹介予定の派遣にこだわっていたが、今回は有期の嘱託《しょくたく》職員だ。正規職員への道はないいし、お給料だってそれほどいいわけじゃない。けれどそれでももう十分かもしれないと考えたのは「結婚」の二文字が頭にちらついたからである。

陽乃が結婚するとなると、光里《ひかり》はもっと安い部屋に引っ越し、一人暮らしをしなければならない。それが不安。

けれど母親の風美子《ふみこ》は喜ぶはず。なにせしょっちゅう「伊那川くんと結婚しちゃいなさい。娘がいつまでも一人でいるって考えたら、ママ、悲しくなっちゃうのよ」とせっついてくるし、優斗は風美子が気に入るタイプだ。こういう、こざっぱりして自信に満ちた人が好きだから。まだ写真しか見せたことないけど、絶対に気に入る——。

そんなことをとりとめもなく考えていたら、フォークを持つ陽乃の手が止まっていた。

「残せば？」

優斗の声ではっと我に返った陽乃は、自分がうつむいていたことに気付き、顔を上げた。

「えっ？　なに？　ごめん、聞いてなかった」

「ペンネ。食べないなら残せば」

「うんうん。そうする。遅くてごめんね」

優斗と知り合ったのは、陽乃が新卒で入社したＩＴベンチャー企業。同期入社で、例のブラック研修では同じチームだった。

民放局のアナウンサーみたいなスッキリとした印象の彼は、研修が終わると「ここは生き地獄」というダイイングメッセージのような捨て台詞《ぜりふ》を残して、すぐに会社を辞めてしまった。それからしばらくは会うこともなく、陽乃はすっかり彼のことを忘れていた。

そして二年後、二人は偶然、地下鉄の中で再会したのだった。

その日、陽乃は採用面接に向かう途中だった。陽乃には珍しくうっかりホームを間違えてしまって目的の電車に乗り遅れそうになり、発車間際の電車にギリギリのタイミングで飛び乗った。すると、同じように駆け込み乗車をしてきたのが優斗だった。

二人とも息を弾ませながら、お互いを指さして「あ！」と小さく叫ぶ。

優斗は不動産会社に転職していた。

「毎日十キロ完走してた山影《やまかげ》さんも、ついにあの会社と縁が切れたんだね。おめでとう。しかしさ、なんであんな会社に入ったの？」

「お給料がよかったからかな」

陽乃は大学卒業と同時に家を出ることにしていた。いずれ専門学校を卒業した光里と一緒に住む話にもなっていたし、姉としてはできるだけ妹の負担を減らしてやりたい。だから仕事が多少きつそうでも給料のいい会社を選んで採用試験を受けたのだった。

「毎日辞めようと思ってたんだけど、気付いたら一年半が過ぎてたの。後半の一年は、なぜか営業部全員でウォーターサーバーの売り込みしてたんだよ、ＩＴのはずなのに」

辞められずに残った人はみんな、陽乃のように粘り強さだけで人生を乗り越えてきたようなタイプばかりだったせいか、お互いに体調を気遣い合いながら意外と平和に過ごしていた。

「あわれな末路だよな」

二人はそんな会話をして笑い合い、連絡先を交換した。

優斗はあの会社のとんでもない環境を「生き地獄」と見抜いてさっさと逃げた。その判断ができた彼は素晴らしい人間。自分には見えていない世界が見えている人。

そんな優斗に惹《ひ》かれ、気付けばお付き合いすることになっていたのである。

再会の日のことを懐かしく思い出しながら、陽乃はスマートフォンの電卓アプリでお会計額を二で割った。数字が表示されてから、あれ、このくらいなら暗算で計算できたなあ、と思う。いつだってやってみてからもっといい方法を思いつく。

店の外に出ると、気持ちのいい夜風が吹いていた。駅はすぐそこ。改札に入れば、別々のホームへ行かなくてはいけない。陽乃はもう少し一緒にいたかった。新しい職場のことも話したい。

「その先生の部屋がね、ものっすごい汚部屋《おべや》だったの。必死に片付けたんだけど、まだ改善の余地ありで――」

「へぇ。そう」

うわの空な声が返ってきた。陽乃の新しい職場の話にはあまり興味がないようだ。

「優斗はゴールデンウィークってお休みありそう？」

「うーん……今だいぶ忙しくてさ。大きめの案件抱えていて、厳しそうなんだよな」

なにそれ。仕事する気なんだ。と、喉元《のど》まで出かかった。

優斗の仕事は必ず土日に休みが取れるわけではないと聞いていた。だとしても、ゴールデンウィークまでまるまる働くなんて納得がいかない。ないがしろにされているようで激しく不本意だったが、わがままを言っても仕方がない。陽乃は笑顔を作ってうなずいた。

「そっか。期待されてるんだね。優斗は優秀だし、頑張り屋さんだもんね」

優斗は「まあね」と軽く答えて自動改札を抜けていく。そしてエスカレーターの前で立ち止まると、陽乃の顔を指さした。

「ところで、その前髪なんなの？」

「うえっ?」

とっさに前髪を手のひらで隠した。

脳科学研究所では誰もこの前髪について質問する人がいなかったから、すっかり忘れていたのだ。そうだった。自分は今、とんでもなく攻めた前髪をしているのだった。

「ごめん! ……言うの忘れてた。おとといの朝にね、ガスコンロで焦がしちゃって……火がぼわっと……自分で切ったの」

早口でまくしたてると、優斗は「ああ、そう」と妙に醒《さ》めた顔をする。

「それ、ありえないわ」

「え?」

「みっともない」

凪《な》ぎきった瞳で言われたぶん、とてもきつい。

「だよね! うん、ごめんね……髪ってすぐ伸びるし、変ならちょっと横分けにするとかいくらでもできるから、たぶん問題ないよ、たぶん!」

陽乃は前髪を隠したまま、笑顔であとずさった。謝る必要がないことはよくわかっている。謝るのは脊髄《せきずい》反射みたいなもの。取り乱してめちゃくちゃなことを言っていることもわかっていた。

動揺している陽乃に、優斗は小さく手を振る。

「じゃあ、明日早いからここで」

「……え？　それじゃあ……じゃあね、仕事頑張って」

優斗の背中が遠ざかっていった。スーツはしわ一つなく整い、革靴もきれいに磨かれている。彼はとても几帳面《きちょうめん》なのである。

「また、連絡するね……」

陽乃は虚空《こくう》に向かって声をかける。とてつもなくむなしい気分。

きっと優斗は、今日顔を合わせた時からかれこれ一時間半ほどの間、陽乃の前髪をみっともないと思い続けていたのだ。せっかく久しぶりに会えたのに、雰囲気を悪くしてしまった。うっかり前髪を燃やさなければ、こんなことにはならなかったのに。

「でも別に、私が謝ることなかったよね」

陽乃はうつむいて、ホームへ続くエスカレーターに足を乗せた。

◆

勤務三日目。

陽乃はなにか重要な仕事を忘れている気が、すごくしていた。けれどメモ帳を見てもそれらしき書き込みはない。ただ、自分で「ラット」と書いておきながら「マウス」だと思い込んでいた前例がある。それを思い出して、ちょっと恥ずかしくなった。

「黒歴史とまではいかないけど、薄めのグレーくらいには恥ずかしい……」

自席に座りそう小声でつぶやき、ぱたんとメモ帳を閉じたところで、研究協力課から電話がかかってきた。千条《せんじょう》と替わってほしいという。

「先生、大熊《おおくま》課長からお電話ですが、そちらに転送してよろしいでしょうか」

サンクチュアリに声をかけたが、返事がなかった。陽乃はパーテーションにそっと近づき、横からのぞいてみた。

千条は机にひじをつき、両手を髪に差し入れて頭を支え、コピー用紙にプリントアウトした英文書類を夢中で読んでいる。きっとこれは、学術論文というものだ。

「先生」

完全無視。まるで陽乃の声なんて聞こえていないようだ。どうすべきかと数秒悩んだあと、腹をくくって、課長には居留守を使うことにした。

「申し訳ありません、ただいま先生は席を外しております。戻りましたら折り返します」

そう言って電話を切る。とりあえずこれで難は逃れた。

それから一時間ほど経ったあと、千条がふらりとサンクチュアリから出てきた。両サイドの髪が、イワトビペンギンのように立ち上がっている。ずっとさっきの姿勢でいたのだろう。

陽乃はチャンスとばかりに話しかけた。

「さきほど、大熊課長からお電話がありましたので、折り返していただけますか」

「いつ？」

あ、いやな雰囲気だ。と思わせておいて実はたいして機嫌が悪いわけではない……はず。この無駄に整った顔立ちが、ありもしない冷徹さを演出しているが、千条はただの「機能を研究に全振りした人間」……のはず。

二日間の観察の末、陽乃はそう予測することにした。予測が間違っていないといい。陽乃の脳はすぐ間違えるのだ。

「一時間ほど前ですが」

千条は「そうですか」とつぶやき、なにやら考えこむように手のひらで右の頰《ほお》をさすっていた。やがて口を開く。

「僕は返事をしないことがあります」

「……はい」

そうでしょうね、さっき返事をしなかったですしね。陽乃は心の中でそうこぼす。

「頭の中が忙しい時は、返事をしません。聞こえていないんです」

「ええ？　ええ、はい」

このあと、どんな言葉が続くのだろう。話しかけるな、メモを残せ、なぜそんなこともわからないんだ――ブラック企業時代だったら絶対に浴びせられただろう怒号を妄想しながら、陽乃は息をつめて身構えた。ところが千条は、真顔でぽつりと言う。

「気をつけます」

ほらやっぱり。三日目にしてこの先生のペースがつかめたような気がして、陽乃の心はまたゆるゆると燃えた。しかし。

「昨日は何時までいましたか」

「え？」

面食らって千条を凝視してしまった。ペースをつかんだと思った矢先にこれだ。質問の意図がよくわからない。

「僕はここに二十時に戻ってきましたが、少し前まで部屋の明かりがついていたと、他の先生から聞きました。残業しましたか？」

「はい。十九時半くらいまでなので、たいした残業ではないです」

と答えて、陽乃ははっと気付いた。

もしかしたらこの職場は、残業が許されていないのかもしれない。ブラック企業を経てしまった陽乃は、正直そのあたりのさじ加減がよくわかっていない。正社員として勤めていた二社は、サービス残業は当たり前、なんなら会社の床に段ボールを敷いて寝起きしている人もいたほどだ。パワハラもセクハラもあった。

千条は視線を落として「一時間半」とつぶやくと、再び陽乃に顔を向ける。

「残業はなるべくしないように。山影さんは十八時までの契約で給料は固定です。残業しても残業代はつきません。時間の無駄です」

「すみません。次回から気をつけます。パソコンの中身を整理すると言ってしまったので、終わらせなくてはと……」

するとと千条があごに手をあて考えこむ。

「そうか。僕が作業は二日程度で完了しますかと訊《き》いたからか」

常に仏頂面《ぶっちょうづら》をしているせいで、相変わらず千条の感情はまるで読みとれなかった。もしかしたら、さすがによけいなことを言ってしまったのかも。さっきのひとことが口答えみたいに聞こえてしまった？　そう思い、また反射的に頭を下げてしまう。

「すみません。終わらせないと私が気持ち悪かっただけで、先生のせいだと言いたいわけでは――」

「今度から数字で指示しましょう」

陽乃はゆっくりと顔を上げた。またよくわからない展開になっている。

「……はい？」

「五段階です。緊急度の低いほうからレベル1とします。レベル5はすぐに手をつけて終わらせてほしい仕事です。ただし、レベル5であっても山影さんは断る権利があります。

できない理由を述べれば断れます」

「……はい」

今回も怒っているわけではなさそうだ。千条はキャスター付きのホワイトボードにマーカーで短い横棒を五本描き、それを縦長の線で串刺しにした。横棒の隣に、上から順に「5　4　3　2　1」と雑に数字を入れていく。あっという間に棒グラフのようなものができた。

そして「2」を、マーカーでとんとんとたたいた。

「おとといの、パソコンのファイル整理はレベル2。残業してまでやる仕事ではありません。できませんでした、とメモでも書いて素早く帰ってください」

一息に説明すると、満足そうに棒グラフをイレーザーで消していく。千条はこのやり方がわかりやすいのだろうが、陽乃にとっては少しややこしかった。授業を受ける学生のように手をあげる。

「質問いいでしょうか」

「どうぞ」

「たとえば、協力課から依頼されたホームページの原稿や、人事課に提出する私の契約書類などは、どのくらいの緊急度なのでしょうか」

「そうですね。1」

ああなるほど、そうかそうかそういうことね、わかったぞ。と思わず口から飛び出しそうになるのを、陽乃はどうにか飲み込んだ。

「先生、それは3くらいだと思います」

千条はまったくピンときていないようだった。「いくらなんでも3はないでしょう」と言いながら、サンクチュアリに引っ込んでいく。

「先生、大熊課長にお電話してください」

慌てて声をかけると、パーテーションの奥で受話器を手に取った気配があり、少しの間があって声が聞こえてきた。

「内線番号を教えてください」

番号、ご存じなかったんですね。と言いたくなるのをぐっと抑えた。今まで折り返しの電話なんてかけたことがなかったのだろう。陽乃は内線番号を書いた付箋《ふせん》をパーテーション上部のアルミフレームに貼り付けた。すぐに手が出てきて、付箋がさっと剝がされる。

「猫みたい」

今度は我慢できずにうっかり声に出してしまい、陽乃は手のひらで口を押さえた。自席に戻るとパソコン内のTODOリストにタイプする。

要作成　　内線番号表（先生用）

◆

そして結局、あまり仕事も覚えられないままゴールデンウィークに突入してしまった。とはいえ、暦《こよみ》どおりの勤務なので三日休んだら二日出勤して、また休みが続く。業務に関する予習復習ははざまの出勤日でできそうだった。

百貨店の紳士服フロアで働いている光里は、今がまさに書き入れ時。優斗も仕事だという。実家は、各駅停車の電車を二回乗り換えて一時間半ほどのところにあるけれど、行きたくない。どうせ八月の父の命日に帰るのだし、今は母と顔を合わせたくなかった。

そんなわけで、陽乃はなんの予定も立てないまま、ぼっちで過ごすことにした。

五月だというのに七月並みの暑さ。でも湿気が少ないせいかカーテンを揺らす風が心地よかった。

「今日は、なにも、しないぞ」

家でもひとりごとが多い陽乃は、リズミカルにそうつぶやいて、ずり落ちてきた眼鏡を指で押し上げる。休日はコンタクトレンズはせずに眼鏡をかけていた。ローテーブルの上には缶ビールと鯖味噌煮《さばみそに》缶。まだ午前九時である。

ＤＶＤをセットして、エリック様の試合映像をテレビ画面に映す。

「伝説のサム・パーカー戦！　昼間からビールとエリック様……。なんて贅沢《ぜいたく》なの」

そう。陽乃の趣味は、総合格闘技観戦。

観戦は好きだけれど、マニアだとかオタクだとかいうほどでもない。

おもに世界最高峰の選手たちがしのぎを削るUFC――アルティメット・ファイティング・チャンピオンシップというアメリカの格闘技団体――の観戦が好きだった。試合は金網で囲んだ八角形のケージ「オクタゴン」の中で行われる。残酷で嫌いだという人もいる。でも陽乃は、強ければ勝つし弱ければ負けるという、完膚《かんぷ》なきまでの明快さが好きなのだった。

お気に入りはカナダの選手、エリック・サン＝ジョルジュ様。「様」をつけずにはいられないほど心酔していた。

エリック様の情報は日々ツイッターで追っているし、試合をリアルタイムで観《み》られるようにBS局にも加入している。

エリック様は努力家だ。練習の鬼と呼ばれるほど、ストイックに己を追いこんで練習をしている。

そのたゆまぬ努力と天賦《てんぷ》の才とがあいまって、エリック様は「格闘技に特化した頭脳と体」を手に入れた。彼は今まで自分が観戦した膨大な試合を、ことこまかに記憶しているのだそう。

さらにエリック様の素晴らしいところは、礼儀正しさだ。

ウェルター級最強、もしかしたら全階級合わせても最強なんじゃないかと言われるファイターなのに、驕《おご》ることなく対戦相手に敬意を払う。家族に恵まれず、ギャングになりかけた幼い彼を救ったのは、カラテだったそうだ。だからエリック様は、対戦相手もファンも格闘技団体も、それから自分を変えてくれた格闘技そのものに対しても感謝する。

そしてなにより、笑顔が可愛《かわい》い。

アメコミヒーロー映画に出てきそうなほどの強靭《きょうじん》なマッスルボディをお持ちなのに、笑顔がとっても愛らしいのだ。目じりがきゅっと下がり、頬にはえくぼができる。

とどめはボディが頑健であること。病気知らず。安心できる。

「エリック様、今日も健《すこ》やかでなによりです」

サム・パーカーの右のこめかみにハイキックを繰り出すエリック様を見つめ、陽乃はほれぼれとため息をついた。

この試合は五年前のもので何度も観ているけれど、ハイキックがきまった瞬間の爽快感《そうかいかん》は、動画サイトで初めて観た時から変わらない。いつでも新鮮にスカッとする。

「よっしゃぁぁぁ！」

ビールがいい感じにまわってきた。楽しいなあ。

この試合のあとのインタビューで彼が発したのが、あの「俺の体は今日から脳だ」。陽乃にとっての魔法の言葉だった。でも、意味はいまいちわからない。エリック様いわく「好きなように解釈してくれ」なのだそうだ。

ソファにもたれてスマートフォンを手に取り、格闘技情報を集めるために作ったツイッターアカウントを開く。陽乃はなにもつぶやかないので、格闘家の公式アカウントと格闘マニアのアカウントをフォローしてひたすらROMするだけ。

LINE《ライン》の着信音が鳴り、思わず息を止める。風美子からの通話だ。なぜかいつも通話ボタンをタップする時は緊張してしまう。

『もしもし、陽乃ちゃん、なにしてるの？　伊那川くんと一緒じゃないの？　また変な格闘技なんて観てないでしょうね？』

陽乃は慌ててテレビの音量を下げた。風美子は格闘技を下品だと言って嫌っているのだ。

——やるほうも観るほうも、なにが面白いのか理解できないわ。

薄ら笑いでそう言われて以来、母親の前では格闘技の「か」の字も出さないようにしていた。もちろんエリック様の「エ」の字も。

「掃除してた。最近忙しくて家のことできなかったから。優斗は仕事なんだって」

『もうそろそろ結婚の話も出てるんでしょう？　陽乃ちゃん、こういうのはね、逃げられる前にどうにかしないと』

陽乃は噴き出した。

「逃げるって、お母さん、面白すぎ。優斗はそういう人じゃないから」

『そお？　わかんないわよ？　ママは陽乃ちゃんのことを思って言ってるの』

そのあと風美子は一方的に語り続け、隣のタカくんのゲームの音がうるさい話や、山影が最近キャンプにはまりだしている話などをひとしきりすると、満足したのか通話を切った。

相変わらず圧が強い。

陽乃はふと思いついて、優斗のインスタグラムをのぞいてみた。昨日更新されている。会社の同僚と飲み会にでも行ったらしく、こじゃれたバーのカウンターにシングルモルトウイスキーのロックが置いてある。

「ふーん。いちおう休前日みたいなことはしてたんだ……」

陽乃はインスタもフェイスブックもアカウントを持っているが、ほとんどなにもアップしない。なにせ全世界に向けて発信したいことなんて、なに一つないのだ。こぢんまりとした世界で、そこそこ平和に暮らしていければいい。

しばらく画面に見入っていると、またＬＩＮＥの着信音が鳴った。今度は優斗からのメッセージだ。

『今、電話で話したいんだけどいい？』

陽乃はハムスターが「もちろん」とウインクしてサムズアップしているスタンプを返す。

タイミングばっちり。ちょうど話したいところだった。電話はすぐにかかってきた。それが嬉《うれ》しくて、お酒が入っていたのもあり、ふだんよりふんわりとしたご機嫌な声になる。

「おはよう。お疲れ様」

『おはよう』

「さっきインスタ見たよ。なんかよさげなお店に行ってたね」

『うん、まあ……』

いつもより歯切れが悪いような気がした。

いつもより？

思い返せば最近の優斗はずっと歯切れが悪かった。もしかしたら、過労で体調がよくないのかもしれない。

「疲れてる？　ゴールデンウィークも仕事してるし、働きすぎなんじゃないかな」

一瞬の間があった。

『あのさ、別れてほしいんだ』

陽乃は自分の耳を疑った。

意味がよくつかめない。優斗はなにと別れると言っているのだろう。聞き間違えたのだろうか。勘違いかもしれないので、もう一度訊き返した。

「なに？」

『別れてほしい』

耳から入ってきた日本語が、やっと頭のてっぺんに届いた。陽乃の脳みそがようやく動き出す。それはIDカードのイラストのような可愛らしい脳みそではなかった。スチールウールのようにこんがらがって黒くくすぶり、煙を吐き出している。

優斗は別れたいと言っているのだ。そうか、そういう意味だ。聞き間違いでも勘違いでもないようだけれど、念のためにもう一度質問してみる。

「どういうことかな」

『俺、結婚することにしたんだよ』

また意味がどこかへ行ってしまう。まるで荒唐無稽《こうとうむけい》な夢でも見ているようだった。

『彼女が妊娠した』

「彼女って、私が彼女……だよね？　えっ、違うの？　あれ？」

陽乃は妊娠していない。ということは、優斗の言うところの彼女ではないということだ。そうに違いない、うん。え？　違いないの？

ぎゅっと詰まっていたスチールウールがきしんでほどけ、熱湯の中の茹《ゆ》ですぎたそうめんのように広がってぐるぐると渦《うず》を巻く。なにしてるの、私の脳みそ。

『陽乃とは最近会ってなかっただろ。俺の中ではもう終わってたんだ。そういうことだから。ごめんな』

通話が切れた。

「……どういうことかな」

テレビ画面では、エリック様の次の試合が始まっていた。BBコールとの試合だ。開始直後は優勢だったのに、最終的には腕ひしぎ十字固めをとられて一本負けをした試合。

リビングのカーテンが揺れていた。

陽乃はビールとDVDを粛々《しゅくしゅく》と片付け、部屋に戻ってベッドの上を這《は》い、外した眼鏡を枕元に置いて、ふとんの中にもぐりこんだ。

ほら見なさいよ、ママの言うとおりにしないからそういうことになるの。あきれる風美子の声が聞こえるようだった。

「……どういうことかな……」

それればかりを繰り返していたら、気付けば夜になっていた。仕事から帰ってきた光里が、薄暗い陽乃の部屋をのぞく。

「いないかと思った。なにしてんの？」

「風邪ひいたみたい。ちょっと熱あるの。あ、そうだ。ごはん作ってないや。なんか食べたいものある？」

熱があるというのは嘘《うそ》だった。ふとんからもそもそと顔を出すと、光里が外国の映画に出てくる人のように両手を広げて肩をすくめる。

「はあ？　なに言ってんの？　そんなに具合悪そうなのに人の心配するか、フツー」

「ごめんね」

光里はふとんを引っ張ると、陽乃の体に掛けなおした。

「謝るな。前髪焼いた時だって、朝ごはんどうするーって私の心配してたよね？　もうちょっとちゃんとしてくんね？　私、赤ちゃんじゃねーし自分でできるわ。イラっとするー。とりあえず寝てろ」

「うん、寝てるね。ありがと」

光里が部屋のドアをそっと閉めた。口調はかなり荒っぽかったのに、閉め方は優しかった。

ふとんの中で、陽乃はもう一度「ありがと」と繰り返す。脳みそがほどけてしまった陽乃には、自分の声も自分のものではないように思えた。とにかく今は眠りたい。眠ってほがらかな夢の中へ逃げていきたかった。

おやすみなさい、世界のみなさん……。

◆

出勤日は、尺取り虫《しゃくとり》のようにもそもそとふとんから出て、シャワーを浴びた。

それまでの三日間はほとんど寝たきりだった。嘘だったはずが本当に発熱してしまい、ふとんから出ず、体も洗わず、歯磨きすらせず。

もちろん食欲なんてないので口から入れるものはほぼ水だけ。光里が作ってくれた卵がゆも食べられない。マルチビタミンのタブレットを、どうにか飲みこんで過ごした。

微熱はまだ続いている……どころか、熱が上がってきているような気もする。

いつものように八時四十五分に研究室に着くと、すでに天井の蛍光灯《けいこうとう》がついていた。

「おはようございます」

「どうも」

パーテーションの向こうから声がした。ここからでも、千条サンクチュアリの散らかりようが見て取れる。床にはなぜかズボンやシャツが散乱していた。

もしかしたらこの人はゴールデンウィークの間、家に帰っていないのかもしれないと思ったが、よけいなことを訊いて煙《けむ》たがられるのも嫌だし、なによりそんな面倒な質問をする気力がなかった。

食欲がまるでない。お昼は食べずに研究室で過ごした。少し頭がくらくらする。

やがて誰かがノックもせずにドアを開けたので、陽乃はびっくりして振り返った。

黒いワンピース姿のナオが仁王《におう》立ちしていた。魔女のようである。

「追加のヘパリンが来てないんですけど、注文してくれました？」

へパリンってなんだろう。

陽乃は一瞬考えて、それからはっと息をのんだ。

へパリン。ナオが付箋に書いた薬品の名前だ。完全に忘れていた。立ち上がって頭を下げる。

「すみません！　うっかりしてました！」

メモ帳になかったせいで、記憶からきれいさっぱり消えてしまっていた。なにか重要な仕事を忘れている気がずっとしていたのは、これだったのだ。ナオがくれた付箋はあれ以来見ていないから、どこかで落としたらしい。大失敗……大大大失敗だ。

ナオが大きなため息をついた。

「もういいです。自分でやるんで」

廊下に出ていったナオを追いかける。

「あっ、あの、私にやらせてください。ウエダさんにお電話して、最短で届けてもらうようにします。五十嵐《いがらし》さんにやり方を確認して、きちんとやりますから！」

ナオがひとにらみした。相当に怒っている。

「……わかりました。仕事はきっちりやってください」

「申し訳ありません！」

ナオが去ったあと、陽乃はしばらく廊下に立ちつくした。頭の中が煙幕で覆《おお》われているようにすっきりしない。

目の前の壁には、夏に開催される学会の告知ポスターが貼ってあった。

今までよく見なかったせいで気付かなかったが、そこに描かれているイラストは、半透明の脳みそが光を放っている幻想的なもの。そのイラストをバックに、講演する研究者の顔写真と名前が連なっている。

「みんな優秀な人たちなんだろうな……。私みたいに発注一つまともにできない人間も、この世界にはいるっていうのに……」

胸が痛かった。

いや、「胸」が痛いといっても、別に心臓や肺が痛いわけじゃない。息が詰まるような感じがするだけだ。でも食道や気管にものが詰まっているわけでもない。

でも痛い。胸が……心が痛い。心なんていう臓器は体の中のどこにも存在しないのに。

痛い。

「そうか。心って、つまり脳みそなのか」

あの半透明に光り輝く脳みそ——陽乃の場合はきっとあんなにきれいに輝いてはいないだろうけれど——心が、脳みそが、痛い。

「脳みそに痛覚ないっすよ」

ふいに声がして我に返る。ノートパソコンを抱えた圭《けい》がにやにや笑いながら立っていた。

どうやら無意識のまま「脳みそが痛い」と口に出していたようだ。

「ないんですか？」

「ないっす」

圭はあっさりと断言する。

「でも頭が痛くなるじゃないですか」

「あれはまわりの血管とか筋肉が痛いんですね。脳自体は他の場所から受け取った『痛み』の信号を処理して『それは痛みです。なんとかしなくちゃ』って認識するだけなんす。脳みそ自体は、壊されても『痛いです』って言わないでどんどん壊れちゃうの。人の世話ばっかり焼いて自分は壊されるままなんて、健気でしょ」

「……そうですかね」

陽乃にはとても健気には思えなかった。そんなの、ただやるせないだけだ。

「あ、俺のことは高柳《たかやなぎ》くんでいいっすよ、それか圭くんでも」

「いやちょっとそれは……」

彼は「陽乃さん、ノリ悪っ」と笑う。名前呼びなのが気になったが、今は放っておくことにする。ここで油を売っているわけにはいかないのだ。

「高柳さん。ウエダリカさんというのは、どの業者の担当さんかご存じです？」

そう言ってメモ帳を取り出すと、彼は笑いだした。大きな引き笑いが静かな廊下にこだます。

「上田《うえだ》理化って、それ会社名だから」

「会社名⁉」

突拍子もない声が出て、恥ずかしさに顔が熱くなった。まさか会社名だったとは。ナオは女性の名前を呼び捨てにしていたわけではなかったのだ。

「リカちゃんじゃないっすからね。担当者は岡崎《おかざき》さんていう男。やっべ、マジウケる。ウエダリカって誰だよ。腹いてぇ」

そんなに笑わなくても。圭は涙を流してひーひー笑い続けながら廊下を歩いていった。

机に戻り、前任の秘書が残したファイルから上田理化のメールアドレスと電話番号を見つけ出し、発注を済ませる。一息つくと、陽乃は床がぐらりと揺れるのを感じた。地震？　壁掛け時計を見上げる。時計はあるべき場所にしっかり掛かっていて、揺れている気配はなかった。地震速報アプリを入れてあるスマートフォンも静かだから、これはきっとめまいだ。

おかしい。変な汗が出てくる。

「山影さん、ちょっといいですか」

サンクチュアリから千条の声がする。

椅子《いす》から立ち上がったところで耳が遠くなり、視界がすっと暗くなっていった。ひざのうしろを誰かにかくっと押されたように力が抜け——。

まぶたを開けると、天井が見えた。

横を向く。

ほこりの溜まったリノリウムの床と机の脚《あし》が視界に入った。どうやらあの汚い床の上に横たわっているらしい。

どうして寝ているのだろう？

壁掛け時計を見ると、さっき確認した時と五分違う。

そこでようやく、陽乃は自分が気を失っていたことに気付いた。五分間も？

反対側を向く。千条が長身を折りまげ、体育座りの恰好《かっこう》で陽乃を見下ろしていた。着ているネイビーのポロシャツは洗濯のしすぎなのか、袖と襟《えり》の先がそじている。ずいぶん年季が入っていますがそれはいつから着てらっしゃるのですかと、まだぼんやりとしている頭で思いながらよく見ると、陽乃の体にはしみだらけの白衣が、毛布のようにかけてあった。

陽乃は慌てて上半身を起こした。

「すみません！　とんだご迷惑を——」

「起立性低血圧、いわゆる脳貧血《ひんけつ》です。今日は帰宅したほうがいいと思いますが」

千条は能面のように無表情だ。あきれかえっているのだろう。四月半ばに雇ってみたらゴールデンウィーク前半明けに貧血で倒れる秘書だったわけだから。これでは完全に使えないやつだ。使えないやつランキング上位入賞は間違いない。

「こういうことはよく起きますか？」

「いいえ起きません！　……あの……初めてですし、もうこんなことはないと思いますから大丈夫です、働けます」

立ち上がろうとすると、千条が手のひらを向けて陽乃を制止した。

「立ち上がるならゆっくりと。念のために医者にかかってください。脳貧血は自律神経の働きがかんばしくない時にあらわれることがあります。たとえば過度のストレスにさらされたり――」

過度のストレス。

三日前の優斗との会話は、ストレスと呼んでいいのだろうか。あれ以来、陽乃の脳みそはそうめんになってしまった。眠いし、だるいし、集中力が続かない。今もぼうっとしている。

するとぼうっとしていた陽乃の口から、自分でも思いがけず優斗の話がこぼれてしまった。

「――私、三年付き合った彼にふられたんですよ。彼とは、最初の会社で出会ったんです。

そのあと地下鉄で再会して……」

どうしてこんなことを話しているのだろう。上司である千条相手に。

心のどこかでは冷静にそう考えているものの、話し出すともう止まらなかった。

「私のどこが悪かったんでしょうね。母にせっつかれて焦ってたのがバレたのかな。母が気に入りそうな人なんです。それとも最近放っておいたからかな……」

大きなため息を一つつく。

「だけどいつも連絡をするのは私からだったんですよ。あ、前髪を燃やしちゃったからかもしれない。この前髪見た時に、すごく機嫌が悪かったから。でもね、彼女ですらなかったって、どういうことなんですかね。私なりに頑張ったんですよ。彼は人を騙《だま》すような人間じゃないんです。だからきっと私がなにか――」

無表情のまま耳を傾けていた千条は、ひとしきり聞き終えると、おもむろに口を開く。

「心理学で誤帰属というものがあります。吊《つ》り橋実験を聞いたことがありますか」

知らない単語ばかりだった。

「ありません」

「一九七〇年代にカナダの研究者が発表した論文の中で行われた実験です。そもそもは情動がどう発生するかという問題から始まったのですが」

「……はあ」

「たとえば、ふられると目が涙を流してそれが脳に伝わり悲しくなる、つまり『泣くから悲しい』という説を唱えた心理学者が、十九世紀後半に現れました。対して二十世紀に入ると、ふられるとまず脳が悲しいと認識し目が涙を流す、つまり『悲しいから泣く』と反論する生理学者が現れます」

ふられるふられるって、何度も言わないでほしい。

それはともかく、どう考えても、悲しいから泣くほうが正解のような気がする。なぜなら今、陽乃は、悲しいから涙が出そうなのだ。断じてその逆ではない。

普通の感覚だとそれが当たり前なのに、科学者はなんて面倒なことを考えるんだろう。

「やがて『泣くという反応は嬉しくても起こる。同じ反応でも結びつく感情が違うのは、状況によって脳が解釈を変えるからなのでは』と考える人が出てきます。そこで実験をしました。不安定な吊り橋を渡ってきた男性十八人と、安全な橋を渡ってきた男性十六人に、女性が調査と称していろいろな質問をします。そのあと『さらに詳しく話を聞きたいなら電話して』と電話番号を渡します。後日電話をかけてきたのは、吊り橋を渡ってきた男性のほうが九人、普通の橋は二人。吊り橋組のほうが有意に多かった」

陽乃はぽかんとした。そうめん脳でもわかるくらいに、嚙《か》み砕いた解説をしてほしい。

「えっと……どういうことでしょう？」

「吊り橋を渡ってきた男性のほうが、より女性を好意的にとらえ、後日連絡をしたということです。これらの男性の脳内では、吊り橋を渡ったストレスにより、視床下部《ししょう》から指令が出ます」

千条は首から下げたＩＤカードを手に取り、小さなピンク色の脳イラストの底辺のあたりを指さした。そこに視床下部があるらしい。

「すると交感神経と副腎髄質《ふくじん》からアドレナリン、ノルアドレナリンが分泌《ぶんぴつ》されます。その結果、瞳孔《どうこう》が散大したり血圧や心拍数が上がったり――要はドキドキします。脳はこれを『女性に対してドキドキしたのだ』と取り違えて解釈します」

「はあ……？」

そんなことがあるのだろうか。脳みそなのに、そんなにいい加減でいいのだろうか。建物のナンバリングだって勝手に思い込んで間違えるし、マウスとラットもまんまと取り違えたし、そんなにアバウトな生き様でいいのかと、脳みそを問い詰めたくなる。

「脳は緻密《ちみつ》にできていますが、わりとよく間違います。これが誤帰属です。ドキドキの原因を間違ってしまう。山影さんがその彼と地下鉄で再会した時、しばらく走ったあとに駆け込み乗車をしたと言いましたよね」

「ええ」

「その時の心拍数および血圧の上昇が、恋に落ちたと勘違いさせたとも考えられます。つまり、あなたが彼を好きになったのはただの勘違い、錯覚――という可能性は否定できない。初めから好きではなかったのなら、ふられても悲しむ必要はないでしょう」

千条はなぜかさっと視線を逸《そ》らすと、「まあ僕は心理学の人間ではないから詳しくありませんが」と小声でつぶやいた。

そして額《ひたい》を押さえるように左右のこめかみを親指と人差し指で押さえて、うううとうめく。

床に座ったままの陽乃は深く息を吸い込みながら、いつもと違う低いアングルからのドアを見つめた。

三年間が、すべて勘違いだったということ？

そんなのバカみたいじゃない。私の三年間を否定しないでほしい。

悲しむ必要がないってなによ。必要あるよ。私はふられた。だから悲しい。お母さんがまたうるさく口を出してくる。だから情けないし、苦しいのだ。私の感情をないものにされてたまるもんか。

「——なにがわかるんです」

機能を研究に全振りした人間のくせに。

陽乃は千条をにらんだ。クビになってもかまわない。もやもやした気持ちを吐き出したかった。あとではなく、今すぐに。今、どんなに屈辱《くつじょく》的でみじめな気持ちでいるのか、感情の片鱗《へんりん》でもいいから知ってほしかった。

「先生みたいな……将来有望で、見た目もよろしくて、頭もよくて……そういう人に私みたいな存在感のない、万年厄年《やくどし》みたいな人間のなにがわかるんですか！」

こんなふうに人に対して怒鳴《どな》ったのは、もしかしたら生まれて初めてかもしれなかった。呼吸が速まり、心臓が飛び跳ね、また倒れてしまいそうだった。

千条は特に驚いた様子もなく、体育座りのまま陽乃に視線を向けている。前髪と眼鏡の奥の瞳からは、相変わらず感情が読み取れない。

「たしかに僕は、見た目もよろしくて優秀です」

なにこの人。自分で言っちゃってる。

「しかしそれで必ずよい未来が待っているという保証があるでしょうか。ノーベル賞を取るような画期的な発見ができるでしょうか。そんな保証はどこにもありません。僕は凡庸《ぼんよう》で空気の読めない、ただの一研究者にすぎません」

その声がとても静かなせいで、よけいに部屋の静けさが際立つ。

陽乃の机のパソコンから、チリチリという小さな音が聞こえてきた。パソコンでさえ一生懸命に情報を処理しているのに、いったい自分はなにをやっているのだろう。

「客観的に見れば、僕はそんな程度の者です。客観性は大切です。あなたも、もう少し客観的なものの見方を知ったほうがいい」

「……どういうことです？」

「客観的に見れば、あなたは自分が思うほど無能な人間ではない、ということです」

陽乃は目を細めて顔をしかめ、首をかしげた。チベットスナギツネ顔である。今のはもしかして、褒められたのだろうか。

「少々浅はかなところはありますが——」

はぁ？　浅はか、って⁉

「——トラブルを他人のせいにしないのは、勇気が要ることです」

そう言うと、千条は思いのほか軽快なばねで立ち上がった。もっとどんくさいと思っていた。

「ただしあなたの場合は、もう少し他人のせいにしたほうがいい。なんでも自分が悪いと考えるのは脳によくない。イコール、体によくないということです。過度に自罰的だと鬱《うつ》になりやすい」

そこで千条は、床に座る陽乃に進路を邪魔されていることに気付き、しばしあたふたする。と、ミーティングテーブルの上をサンダル履きのまま踏み越えていった。

「山影さんは、そこそこよくやれているのではないでしょうか」

そしてあっという間にサンクチュアリに姿を消した。

パーテーションの向こうからくぐもった声が聞こえてくる。

「今日は早退したほうがいい。ただしまだ有休は出ません。白衣はそのへんに置いておいてください」

陽乃はテーブルの脚をつかみながら、ゆっくりと立ち上がった。

今まさに陽乃が欲しかった言葉を、ちゃんともらえたような気がした。

たぶん、誰かに言ってほしかったのだ。よくやっている。あなたは悪くない。あなたが否定される理由はない。そう言ってほしかったのだ。

鍋の中のそうめんのように渦巻いていた陽乃の脳みそは、だんだんと水気たっぷりの絹ごし豆腐の姿になってゆく。ついでにお腹《なか》もすいてきた。お豆腐、食べたい。

陽乃は白衣を丁寧にたたんでテーブルの上に置いた。

「ではあの……お言葉に甘えて、早退させていただきます」

「どうぞ」

姿を見せぬまま千条が返事をした。

「先生、すみませんでした。人に対して言うべきではない、人を傷つけるような、そういうひどいことを言ってしまいました。申し訳ありません」

それは、いつもの反射的な謝罪ではなかった。自分を守るための謝罪ではなく、傷つけた相手に審判をゆだねる謝罪だった。許さない権利だって、相手にはある。

「傷つきました」

パーテーションの向こうから声がする。

「というのは冗談です。我々は学会やディスカッションでは質疑応答という名の、今の比ではない攻撃を受けますので、思いのほか頑丈に鍛錬《たんれん》されています」

これは許されたのだろうか。

「お疲れ様でした。明日もまたお願いします」

千条のぼそぼそ声が聞こえてきた。どうやら陽乃は明日もまたここに来ていいらしい。あんなふうに大声をあげて取り乱したのに、まだここに来てもいいなんて。それはすごく幸運なことなのではないだろうか。信用してもらえていると思ってもいいのでは。許されたと思ってもいいのでは——。

「先生も冗談をおっしゃるんですね」

「はい。年に数回なら」

それきり千条の声は聞こえなくなり、代わりにキーボードをたたく音が鳴りはじめる。まるでパーテーションと話しているみたいだった。前にこういうアニメを観たことがあるなと陽乃は思った。「ＳＯＵＮＤ　ＯＮＬＹ」と書かれた何枚もの板がぐるりと円を作って会議をするシーンがあったなあ。思い出したらおかしくなってしまい、頬がゆるんだ。

あ、笑えた。

さっきまであんなにみじめだったのにもう笑えるなんて本当に自分は単純だと、陽乃は思った。

「それでは失礼します。ありがとうございました」

帰りにちょっと贅沢な絹ごし豆腐を買っていこう。そして明日は元気に働こう。

優斗のことを考えるのは、そのあとだ。

◆

湯豆腐と冷ややっこと豆腐サラダ——豆腐づくしの夕食を終えると、二人はお徳用パックのチョコアイスバーを食べる。

「待って待ってなにそれ。そのロボ、めっちゃいいやつじゃん！」

「だからロボじゃないってば」

光里は千条のことをすっかり「ロボ」と呼ぶようになってしまった。

「服のセンスがえぐくても、私だったら惚れるね。惚れた？」

ローテーブルの正面に座る光里がのぞき込んでくるので、陽乃は顔をそむけた。

「なに言ってんの。惚れないよ」

なんだつまんないなと言いながら、光里はアイスバーのチョココーティングを前歯で剝がした。いまだに子供の頃と同じことをする。

「それにくらべてあいつ何様？　私さ、前からいけすかないクソ野郎だと思ってたんだ。

意識高い系みたいな、俺できるヤツみたいな、いっつもいーっつもそんな雰囲気出しちゃってさ。よし、訴えてやろうぜ！」

もちろん陽乃は、弁護士に相談する気はなかった。お金がないし、たとえお金があっても大ごとにするような話じゃない。

悔しいことは悔しいけれど、正直、もうかかわりたくないと思っていた。

「優斗のほうにもなにか理由がある、っていう可能性はないかな。もしかしたら、妊娠も結婚も嘘だったり……」

「は？　なんのための嘘？」

「なんだろうね。ええと……私を傷つけないため……とか？」

「んなわけあるか！　傷ついてんじゃん！　脳内お花畑か！」

「だよね」

光里はチョコアイスバーを一本食べ終え、棒をがじがじとかじった。

「光里ちゃん、そんなことしたら歯並び悪くなるからやめて」

「ああもう、人のことはいいから自分の心配しなって！　本当に陽乃ちゃんてお人好《よ》しだよね。褒めてないからね。たまにウザッ！　って思うわ」

「お人好しとは思わないけど、ウザッていうのはわかる」

「だいたいさ、普通は妊娠に気付くのって二カ月くらい経ってからじゃん？　ということはだよ、少なくとも二カ月は騙されてたってことだよ？」

光里の言うとおりだった。陽乃はしばらく二股《ふたまた》をかけられていることに気付かないまま、LINEを送ったり電話をしたりしていたのだ。

思えばここ二カ月くらい、ほとんど会っていなかった。直近一カ月でいえば、このあいだのファミレスで会った一回きり。それまでだって、どうやらこの年齢のカップルにしてみたら会う頻度は少なかったようだ。陽乃は恋愛にはあっさりしているほうだから、気にしたことがなかった。

「陽乃ちゃんまさか、よりを戻したいとか言わないよね？」

「さすがにそれはないよ」

光里は、「陽乃ちゃん、言いかねないからなぁ」とぼやきながら、アイスのおかわりを取りに冷凍庫へ向かった。

「アイスもう一ついる？」

「私はいい」

陽乃は目を細めて顔をひきつらせ、光里の言う「チベスナ顔」で首を横に振った。

「よりを戻したいなんてこれっぽっちも思ってない。私だって怒ってるんだよ？　でも、今はとにかく忘れたい。怒るエネルギーが今の私には、ない」

あのあとLINEを送っても既読がつかなかった。もちろん電話をかけても出なかった。

SNSをブロックされていないのがよけいに腹立たしくて、こちらからブロックした。

決して泣き寝入りじゃない。彼にこれ以上かかわるのは危険だと、自分の脳みそが判断したのだ。

落ち着いてよく考えてみれば、千条が言うように、陽乃は初めから優斗のことをそれほど好きではなかったのかもしれなかった。母からの「結婚しろ」という圧がなければ、そもそも付き合っていたかどうかもあやしい。そう思えるような……気もしてきた。

なにせ優斗は総合格闘技を蔑《さげす》んでいた。母がする以上に蔑んでいた。野蛮《やばん》だ下等だと軽蔑《けいべつ》していた。付き合い始めの頃に一度UFCの話をしてみたら、ゴキブリでも見るような表情で吐き捨てられたのだ。

――まさかとは思うけど陽乃ってそういうのが好きなの？　女の子なのに？　もしかしてマッチョ好き？　いやらしい。

陽乃は驚いて絶句し、もう二度とこの話題には触れないようにしようと心に誓ったのだった。

「次はちゃんとエリック様のことを話せる人と付き合うわ。うん、そうする。俺の体は今日から脳だ！」

景気づけにそう叫んでみたものの、そんなに簡単に気持ちの整理がつくはずがなかった。

そして強制的に優斗との記憶を頭から追い出すために、残りの連休を、エリック様の試合動画を観ることだけに費やしたのである。

◆

陽乃の人生において最低だったかもしれない連休が明けた。

八時四十五分に研究室のドアを開けてみると、床にはクリアホルダーから飛び出した状態の書類が散乱し、ミーティングテーブルには使用済みマグカップがずらりと並んでいた。パーテーションには白無地のTシャツ、白衣、バスタオルがだらりと無造作にひっかけられ、その下にはビーチサンダルの片方がひっくり返っている。

「……海の家かな」

たった数日でどうしてここまで散らかせるのかと、逆に感心してしまう。

九時ぴったりに女性職員が書類を持ってきた。ＩＤカードには学生課と書かれている。

「千条先生のハンコください」

「ハンコですか」

書類には「リサーチアシスタント業務報告書」とあり、圭の署名が入っている。リサーチアシスタントとはなんだろう。よくわからないが、とにかく今求められているのは、この書類に千条のハンコを押すことだ。

「先生にはメールでPDFを見てもらって、承諾はいただいていますので、押印だけお願いしたいんです。あの先生にお渡しするといくら待っても書類が戻ってこないので、私が来ました」

女性の口元は笑っているが、目が笑っていなかった。この人も怒っている。

「秘書さん、いたんですね」

これは皮肉に違いない。秘書がいるのになぜ提出物の締め切りが守られないのかと、この人は言いたいのだろう。陽乃はいつものように反射的に謝ったあと、冷静になって考え直した。私はここに来たばかりで、責められるいわれなんてない。

「私、四月半ばに勤めはじめたので存じ上げなくてすみません。先生は今いませんし、いったんお預かりして、先生が戻りましたら押印してお持ちします。どちらにお届けすればいいでしょうか」

すると、女性職員は不思議そうな顔をする。

「先生のハンコ、持ってないんですか？」

「持っていませんが」

「先生のハンコ、持ってないんですか？」

同じことをもう一度言われてしまった。この人はどうしてこんなに挑戦的なのだろう。それは先生が今までさんざん締め切りを破ってきたからです。と頭の中のもう一人の陽乃が一秒かからずに答えた。

他人の印鑑は普通持っていないんじゃないかなと、陽乃は思う。でももしかしたら。秘書というものはボスの印鑑を預かっていて、必要とあらばそれを押す権限を持っている……のだろうか？

そんなことしていいの？　秘書というだけで。

「あの、先生の印鑑って、持っているものなんですか？」

「前の秘書さんは持ってましたし、みなさん預かってると思いますよ」

やはりそうだったか。陽乃は弱気になって頭を下げる。

「……すみません。確認してみます」

書類はあとで学生課に届けることになった。

それにしてもこの職場は印鑑が必要な紙の書類が多すぎる。最新設備の整った研究室だからペーパーレスかと思えば、そんなことはなかった。そもそも研究費に関する書類も、機関によっては印刷して郵送で送れと指示がある。

この世界からハンコがなくなる日は、なかなかに遠いようだ。

陽乃はウェブで「リサーチアシスタント」を検索してみた。大学院生が研究補助員として働く制度のことらしい。お給料が発生するらしく、大学院生はこれでいくばくかの生活費がまかなえる。

　そして大学ホームページのキャンパスマップで学生課の場所を調べていたところに、また電話が鳴った。外線の呼び出し音だった。今度こそ嚙まずに名乗ると、相手は開口一番、こう言った。

『先生いるの？』

　かすれて不安定な男の声だった。名乗る気配がないので、尋ねてみる。

「失礼ですが、どちらさまでしょうか」

『エダキだよ』

　ずいぶんとなれなれしい。裏紙をダブルクリップで留めて作ったメモ帳に「エダキ様」と書きながら、千条の知り合いだろうかといぶかる。

「申し訳ありません。ただいま席を外しております」

　電話口の向こうで、舌打ちのような音が聞こえた。それに続いてなにかをカリカリひっかくような音と、つぶやくような声。電話の調子が悪いのだろうかと、陽乃は耳をそばだてた。

　ところが、少しの間のあと、男が言ったのである。

『おたく、脳の研究してるんだよね。俺の脳を調べてほしいのよ。誰かがいるんだよ、頭の中に』

えっ？

陽乃は握っていたボールペンをうっかり落としてしまった。これはきっと、下手なことを答えてはいけない相手だ。こんな電話がかかってくるなんて、聞いていない。

「それは、難しいかと……」

『なんで？』

「ええと、おそらく、そういうご要望にはお応《こた》えできないと思いますので……」

『なんで？』

男はしつこく攻め入ってくる。

「そうですね……ここは病院ではないですし」

そう言ってから、まずいことを口にしてしまったと陽乃は気付いた。これではまるで、相手を病人扱いしているのと同じだ。どうしよう。

その動揺を突くように男のため息が耳に届く。

『ほらな、みんなそうやってさあ。俺もう死のうかな』

「ダメ！　それはダメです！　落ち着きましょう！」

『もういいよ、うるせぇよ、バカ！』

唐突に電話が切れた。後味、サイアク。陽乃は机につっぷした。

こんな電話も頻繁《ひんぱん》にかかってくるのだろうか。こんなの、どうやって対応すればいいのよ。私が変なことを言ってしまったせいで、今の人が本当に死んでしまったら——。

不安でいてもたってもいられず隣の波田《なみた》研究室のドアをたたく。佐和《さわ》に話すと、意外にも明るい返事が返ってきた。

「あらら。来て早々、貧乏くじ引いちゃったわね。その人、この研究所のいろんなラボに電話かけてくる有名人よ。死なないから大丈夫。それにしてもどこからここの電話番号知ったんだろう。非公開なのに」

ほっとした陽乃は、どすんと壁に背をもたせかけ、心臓のあたりを手のひらで押さえた。

「よかったです。生きた心地がしなかった。ああいった電話、他にも来るんですか?」

「たまにね。手紙なんかも来るわよ」

「……手紙は励ましのお便りだけでいいです」

脳と名前がついている施設にはよくあるそうだ。手紙は先生に渡してそれ以降の対応は先生に任せるが、電話はなるべく先生につながないようにしているらしい。

やっと落ち着き廊下に出ると、ノートパソコンを抱えた主に出くわした。

「あれ、先生は?」

「まだいらっしゃいませんけど」

「十時から論文の打ち合わせする予定だったんだけどな」

研究室に入り、壁掛け時計を見やると、時刻は九時五十分。

圭はミーティングテーブルの椅子に座り、居住まいを正してノートパソコンを開いた。画面にはカラフルな点が散らばっている分布図のようなものが表示されている。陽乃にはそれがいったいなんなのかまったくわからなかった。

「なんだか難しそうですね」

「陽乃さん、本当になんにも知らないんすね」

「……すみません」

「じゃあ、これはなんだか知ってる？」

圭はパソコンのタッチパッドをたたいてウェブカレンダーを表示する。来週月曜日、十三時からのスケジュールに「ＪＣ」という文字が入力してあった。

「Ｊ……じ……女子、中学生」

ぶわっはっはと圭が大笑いする。

「ジャーナルクラブっすよ」

「へえ。研究所にもクラブ活動があるんですね」

また圭が噴き出す。

「まあそうだけど。いやぜんぜん違うか。ジャーナルクラブっていうのは抄読会《しょうどくかい》のこと。論文を順番で紹介し合う読書発表会みたいなもんすね」

「なるほど」

まったく見当違いの発言をしてしまい、恥ずかしさで陽乃の顔は熱くなる。

ひとしきり笑った圭は、はあーっと大きなため息をつくと、一転してがっくり肩を落とした。

「……気が重いすわ」

「どうしてです？」

その理由は、千条がやってきて論文の打ち合わせが始まると明らかになった。

千条はとても手厳しいのである。「その解釈合ってます？」「このデータ意味ありますかね。ないですよね？」「その説明で納得する人はいないですね」などの歯に衣《きぬ》着せぬ言葉を次々と浴びせ、最悪の場合は「うーん……」となって黙りこむ。やがて言った。

「あなた、研究やっていく気あるんですかね」

ミーティングテーブルは陽乃の机のすぐ横。いやでも視界の隅《すみ》に入ってしまう。

「……もちろんやる気はあります」

「高柳くん、ガクシンですよね」

「はい」

ガクシンとは？　陽乃には聞き慣れない単語がまた出てきた。

「ＤＣ1を取って、その後安心しきって伸び悩む人間はけっこう存在します。正確な割合は知りませんが、います」

「……はい」

「きみもその口なのでしょうか」

圭はうつむいたきり一分近く口ごもってしまった。あのおしゃべりな圭が、なにも話せなくなってしまったのだ。

重苦しい空気が漂う無言の一分はとてつもなく長くて、陽乃はいたたまれなくなった。はらはらして見ていられないし、圭だってこんな姿を見られているのは嫌だろう。

「いえ、違う。違います」

小さな声だったが、はっきりとそう言い切った。

ぽつりぽつりと圭が言葉を発しはじめる。陽乃はチャンスとばかりにてきとうな資料と電話の子機をつかんでそっと部屋を出た。大事な急用を思い出したような演技までしてみた。研究室にいづらくなって出ていったのが見え見えだと、逆に気を遣わせてしまいそうだったからだ。

またしても隣のドアをノックする。本日二回目である。するとすぐにドアを開けてくれた。波田は不在で佐和しかいないようだ。

「どうしたの？」

「何度もすみません。なんていうかもう、胸が痛くて」

事情を説明すると、佐和は「よくあること」と言う。

「高柳くん、ああ見えてちゃんと真面目《まじめ》に研究してる子だからね。学振取ってるし」

そういえばさっき千条もそう言っていた。

「ガクシンってなんです？」

「うーん、なんて説明したらいいか。要は特別研究員なの」

圭は文科省の外郭《がいかく》団体が募集している研究員制度に応募して、見事に採用されたのだそうだ。

「特別、研究、員……って、なんだか名前からしてすごいですね」

「なかなかすごいのよ。毎月二十万円のお給料に、さらに科研費もついてくる研究員。大学の学費減免も受けてるの。院生だって、みんなお金持ちのお家の子ばかりじゃないからね。特にうちは私大だし、国立にくらべたら授業料が高いから」

陽乃は反省した。自分がこれほど見た目の印象でなにかを決めつけてしまう人間だなんて。ショックがボディブローのようにじわじわと効いてくる。

「チャラいだなんて思ってしまって……高柳さんに謝らないと」

「やだ、謝る必要ないって。本当にチャラいんだから」

それもそうだった。チャラいのは事実だし、真剣に研究をやっていることも事実。人の持っている側面は一つじゃない。どちらも圭なのだ。謝るほうが失礼なのかもしれない。

「ですね。謝るのはやめておきます」

佐和が笑った。

「ディスカッションでボコボコにされても、終われば案外みんなけろっとしてるもんよ。アカハラとかパワハラってわけでもないし」

「それならいいんですけど」

「打ち合わせが終わるまでここにいたらいいわよ」

その言葉に甘えて、陽乃は丸椅子に腰かけた。

佐和が作業をしていたパソコンのディスプレイには、見覚えのある書類が開かれていた。ついこのあいだ佐和に作成の仕方を教えてもらったばかりの研究成果報告書だ。

「書類の作成をされてたんですね。お邪魔してすみません」

「いいのよ。ほとんど波田先生が作ったものを、私が整えてるだけだから」

千条と波田は、科研費の他に委託研究費という別の種類の研究費も持っていたので、前年度の研究成果を報告する書類やら、今年度の業務計画書やら、とにかくたくさんの書類を作らなければならなかった。

去年はこんな研究をしてこんな成果が出ました、おおむね計画どおりにいきました、今年はこんなメンバーでこういう研究をして、こんなふうにお金を使う予定です——と、要はそういう書類である。

提出物の中には、陽乃とナオにあてられる人件費や、主にリサーチアシスタント代として払われる人件費もしっかり記載されている。つまり、ひと月前にぽっと入ってきたまだなにもわからない一秘書が、他人のお給金を知ってしまっていることになる。

なんだか気まずいし心苦しいが、こういった施設で働く人たちにとっては、当たり前のことなのだろう。

「これ、先生のお土産《みやげ》」

佐和はマグカップに麦茶を注ぎ、阿闍梨餅《あじゃりもち》を一つくれた。先生たちはあちこちに出張に行き、そのたびにちょっとしたお菓子を買ってきてくれるのだ。

「書類作成なんていう面倒な作業なんてしないで研究をしていたいんでしょうね、先生たちは」

「秘書のいない先生はどうされてるんです？」

「自分でやるか、ポスドクや院生にやらせるか。たくさんあるわよ、そういう研究室。それにしても千条先生の部屋ずいぶんきれいに掃除したわね。このあいだのぞいてびっくりしちゃった」

「はい。けっこう頑張りました」

波田が不在なので、二人は心おきなく大きな声で話すことができた。

「それ捨てるな、あれ触るなって言われなかった？」

「そうですね……ちょっと言われました。あと、パーテーションの向こうにはとにかく入るなと言われています。私は『千条サンクチュアリ』って呼んでるんですけど」

佐和があっはっはと手をたたいて笑う。

「それいいわー。言いえて妙」

「たまにまったく音が聞こえてこなくなる時があるんですけど、あれはうたた寝でもされてるんでしょうかね」

「起きてるんじゃないかな。千条先生って、人前で眠らないそうだから。移動中の新幹線で寝てるのを見たことがないって、みんな言ってるわよ。海外出張の飛行機でも」

「命でも狙われてるんでしょうか……」

佐和がまたくすくす笑った。

「いつもヤクザみたいなスーツ着てるし、その可能性はあるわね。そういえばゴールデンウィークの中日、早退したみたいだけど大丈夫なの」

「はい――」

陽乃は数日前の出来事を、かいつまんで説明した。優斗との詳細はぼかして、ただふられたとだけ伝えた。それでも佐和は、それこそ光里に負けないくらい憤慨してくれた。そして、千条の行動に驚いていた。

「あの千条先生が介抱《かいほう》してくれるとは……信じがたいというか、むしろ怖い。天変地異の前触れかな」

「そんなにですか？」

「そんなによ。だってあの人、およそ人間としての感情の動きが見えてこないじゃない？」

佐和の言うことはわかるが、そこまで理解不能な人間だとは、陽乃には思えなかった。

「そんなに冷たい人じゃないような気がしますよ。まだよく知りませんけど、年に数回なら冗談も言うそうですし」

佐和が目を丸くする。

「まさか、山影さんもストーカーになったりしないわよね？」

思わず陽乃は立ち上がり、全力で否定する。

「しませんよ！　そんな気まったくないですから。……恋愛とか、もう当分いらないですよ……」

そして座り直して麦茶を一口飲んだ。

「きっと私がいきなり倒れたからびっくりして、介抱せざるを得なかったんだと思います。お医者さんだから心配してくれたんじゃないでしょうか」

「あら。千条先生はお医者さんじゃないわよ。医学博士だけど医師免許は持ってないから」

「えっ、医者ってそういう仕組みなんですか！」

「医学部に行って医師免許取らない人はあんまりいないけどね。そういう意味でも、千条先生って変わってるわー」

医学の博士号を持っている人は、全員医者だと思っていたのだ。そうではなかった。医師免許と博士号はまったく別のもので、医師免許のない千条は診療をする医師にはなれない。だからあの時千条は、「医者にかかれ」と言ったのだ。

そんなことも知らずにここで働いていたなんて。

ウエダリカを女性の名前だと思っていたし、ジャーナルクラブなんていう単語も初めて知ったし、ここには陽乃の知らないことがたくさんある。

するとその時、ノックする音に続いてドアが開いた。

「五十嵐さーん」

陽乃たちが振り向くと、眼鏡をかけた手足のひょろ長い男性が憮然《ぶぜん》として立っていた。波田研究室の研究員らしい。

「新幹線の領収書、やっぱりないんですよね」

「そうですか。なかったですか。領収書がないと出張旅費、出せないよぉ？」

佐和はにこやかに対応する。

「でも探したけど、どっっっこにもないんですよ。あちこち探したんですよ。帰り道までは絶対にあったんだよなー。コンビニで財布を開いた時に、領収書が入ってたの見たし。不思議で不思議で」

まるで、目を離した隙《すき》に領収書に羽が生えて飛んでいったんです、とでも言いたげである。陽乃は二人のやりとりをおとなしく見守っていた。領収書をなくした人の態度のほうが大きいのが気になるが、佐和は少しも負けていない。にこにこと微笑《ほほえ》みながらあしらっていく。

「その時に落としたんじゃないかなぁ？」

「でも落としたら普通気付くでしょ。気付かなかったんだよなー」

「カバンの中とか、ポケットの中とか、もしかしたらタブレットケースの中に入っちゃってるかもしれないから、もう一度探してみようか」

「でも――」

すかさず佐和がかぶせて言った。

「うん、わかる。そうだよね。メンドクサイよね。でも旅費が返ってこないのは大きいよ？　だって名古屋《なごや》までの新幹線代よぉ？　もう一回、探してみよっか。きっと見つかるよ」

「……まあ、はい。探します。できるだけ」

佐和の勝利。すごい。北風と太陽で言えば太陽戦法。怒らず騒がず自分の手の内に引き寄せた感じ。これが佐和の言っていた「家でも職場でもお子ちゃまのお世話」に違いなかった。研究員が部屋から去ると、陽乃はパチパチと拍手をした。

「五十嵐さん、お見事でした」

「ね？　お子ちゃまでしょ？　領収書がないと自腹になるんだけど、こっちはもう支出の予定を組んじゃってるから、それやられると困るのよね。甘やかすと癖になるからね。領収書ないでーす、書類の提出忘れてましたー、どうにかしてママーって。その上、頭ごなしに叱《しか》るとへそ曲げちゃうし。自腹を切らせるのは別にいいんだけど、あの子は探せば見つけられる子だから。探してないだけなのよね、いつも」

見つけられる「子」と佐和は言うが、どう見ても三十歳はゆうに超えた、無精《ぶしょう》ヒゲを生やした成人男性である。これはまさしく「お世話」という言葉がふさわしい。

「なんとなく、みなさんのあしらい方がわかったような気がします」

覚えなければならないことがたくさんある。

たとえば、千条がどんな研究をしているのか、陽乃は知らなかった。というより、プロフィールを読んではみたけれど、まるで理解ができなかったのである。

午後一時過ぎに、上田理化の岡崎が来て薬品を納品していった。ナオの席に行くと、椅子はぽっかり空いている。

「いない……」

陽乃は段ボール箱をナオの机の上に置き、「遅くなりました。よろしくお願いします」と付箋を書いて貼った。

その足でトイレに行く。この時間のトイレには、昼休みを惜しむように歯磨きペーストのミントの香りが漂っている。洗面所の前で手を洗っていると、個室のドアが開いた。現れたのはナオ。

今日は茄子紺《なすこん》色のワンピースだ。それ自体はとてもおしゃれですてきなのに、ナオへの苦手意識のせいで、魔女の衣装に見えてしまう。

ナオは今日も顔色が悪かった。とてもだるそうだ。話しかけるのが怖い。怖いけれど。このままずるずる気まずいままでいるのも、陽乃としてはいやだった。

俺の体は今日から脳だ。

エリック様のありがたいお言葉を心の中で唱え、大急ぎで手を拭き、隣の洗面台で手を洗うナオに話しかけた。

「薬品が納品されたので、机の上に置いておきました。ご迷惑をおかけしてすみません」

「ありがとうございます」

沈黙。水の流れる音だけが響いている。なにか言わなければ。

「三月までいた秘書の方の話、五十嵐さんから聞いています」

ナオは蛇口《じゃぐち》の下で動かしていた手を止め、黙ったまま陽乃をまじまじと見る。

「私はそんなこと絶対にしませんから、普通に仕事を振ってください。今回失敗したばかりだし説得力ありませんけど、でも――」

わかってる、とナオがさえぎった。

「山影さん、悪事を思いつくほど頭がまわらなそう」

これはもしかして軽くディスられたのかな。そう思いながら愛想笑いを浮かべて立っていると、ナオは言った。

「なんてね。あーあ、私ほんとに性格悪いな」

ナオは鏡のほうを向いたまま、ポケットから取り出したピンク色のタオルハンカチで手を拭いた。

「高柳から聞いたんだけど、上田理化のこと、リカちゃんだと思ってたんだって？」

「……ええ。お恥ずかしいことに」

「なんでこの研究所に来ちゃったの。給料もそんなによくないだろうし、五年で切られるし、先生あんな人だし、苦労するよ」

「はい……でも今まで勤めた中では一番居心地はいいかもしれません」

「なにそれ。今までどんな職場にいたの？　ここは誰かの紹介？」

これはいったいなんの時間なんだろう。面接？　それともただの雑談？　今自分は、なにを試されているのだろうか。よくわからないながらも、陽乃は答えた。

「はい。薬理学研究所の湊《みなと》研究室の秘書さんが、私の大学時代の先輩なんです」

「あ、知ってる。徳田《とくだ》さん」

ナオの口からよく知っている人間の名前が出てきて、陽乃はぱっと顔を輝かせた。アウェイの地で共通の知り合いがいることが、とても嬉しかった。

「そうです！　徳田ゆいかさんです！　私、ゆいか先輩と同じサークルだったんですよ！」

するると、温度が低めの声が返ってきた。

「研究会で会ったことあるよ。電話で話したこともある。この業界、狭いからさ」

はっと冷静になりトーンダウンする。湊研究室と千条研究室は共同研究をしていると聞いているし、ナオがゆいかのことを知っていてもおかしくなかった。

「……ですよね。なるほどです」

ナオは髪をほどいて結びなおす。

「サークルってなに？」

「え？」

鏡越しにナオを見ると、ナオと目が合った。陽乃はしばらく口ごもっていたが、ナオの目力の強さに負けてしまった。

「……合気道同好会です。一年で辞めてしまいましたが」

「格闘技か。意外」

「それがですね、合気道は格闘技ではないんです。試合がないですし、どちらかといえば護身術」

「へえ、試合しないんだ」

学生時代はまだＵＦＣのこともエリック様のことも知らなかったが、あの頃からぼんやりと格闘技への憧れがあった。強くなりたいな、程度だったけれど。

勧誘されるまま合気道同好会に入ってみたが、最初に取る五級を取得してすぐに辞めてしまった。母に「どうしてそんなサークルに入ったの」としつこく質問されるうちに、なんとなく足が遠のいてしまったのだ。

「業界が狭いということは、いずれ私もゆいか先輩と仕事で会うのかな……」

陽乃がそうつぶやくと、髪をヘアピンで整えていたナオが言った。

「狭いよ。私なんて、先生の妹が高校のクラスメイトだったし。その頃の先生には会ったことないけどね」

陽乃は驚いた。あの先生に妹がいたなんて。

きっときれいで優秀な人なのだろう。千条が妹とどんな会話をするのか、陽乃にはまったく想像がつかなかった。妹も同じような研究特化型の人間だとしたら、陽乃になんて一つも理解できない、それこそ異次元の会話が繰り広げられるんじゃないだろうか。

「もしかして、妹さんも研究をしているんですか」

ナオはポケットからパウダーのコンパクトを取り出し、頬と鼻の上をはたいた。

「してないよ。なんかさ、山影さん、倫《りん》にちょっと似てるんだよね」

「りんさん、っていうお名前なんですね」

「そう。倫理の倫。名前どおり真面目。見た目はぜんぜん似てないんだけど、なんていうか、お人好しなところとか、自信なさそうな雰囲気とか」

「自信なさそう な……そう見えますか」

「見える」

陽乃がリアクションに困っていると、ナオはポケットからメントールの薬用リップクリームを出して唇に塗った。

「あと前髪。そんなふうに短くしてたことがあってさ。懐かしい」

ポケットからはさらに、パインアメまで出てきた。なんでも出てくるポケットだ。ナオはパインアメを陽乃に渡して、ぽつりと言う。

「ごめんね。最近ちょっと体調悪くてイライラしてた」

パインアメをもう一つ取り出したナオは、少し迷ってからそれも陽乃の手のひらに載せた。

陽乃は二つのパインアメとナオの顔を、交互に見つめる。

「体調、やっぱり悪かったんですね。大丈夫ですか？　お疲れなのでは？」

「大丈夫。人の心配より自分の心配したら？　このあいだ貧血で倒れたんでしょ」

「あっ……ええと……なぜご存じで」

「あの日、千条先生のところに行ったら、早退したって聞いたから」

ああ、どうしよう。すぐに倒れて早退するような秘書だと思われたら、それこそ心証が悪い。陽乃はしどろもどろになりながら弁解した。

「ええと、その、ふだんはこんなことないんです。風邪ひとつひかないくらいに丈夫で」

「うん。わかってる」

ナオがふっと頬をゆるめる。

「髪になんかついてるよ」

陽乃は動転して鏡を見た。けれど、近づいてよく見ても、どこにもなにもついていない。

「ついてませんけど――」

振り返るともうナオはいなくなっていた。そこでようやく陽乃は気付いたのだった。

「……騙された」

騙されたはずなのに少しも腹が立たない。むしろくすりと笑ってしまった。

陽乃の心は、陽に干してよく乾いた洗濯物のように、さっぱりと軽くなった。

Noken Labo.

3 幽霊は見たい人にだけ見えるものである

脳科学研究所で働きはじめてひと月半。

ここ数日は、真夏と間違えるくらいの気温が続いていた。

お昼休みのあとに、ナオが相変わらずの青白い顔をしてやってくる。あの日から陽乃《ひの》は、ナオに少しずつ歩み寄れているような気がするし、彼女のほうも陽乃に対して少しだけ態度を軟化させてくれたような気がしていた。

「先生いないの？」

「はい。特に行き先は聞いていないので、実験室だと思うのですが」

千条《せんじょう》は頻繁《ひんぱん》にサンクチュアリからいなくなるのに、陽乃に行き先を教えてくれることはめったにない。授業や出張なら事前に情報が来るのでわかる。けれどそれ以外だと、出勤しているのかどうかも不明になってしまう状態がまだ続いていた。

一度、他の研究室でやっているようにホワイトボードの予定表かウェブの共有カレンダーを作りませんかと提案したが、「考えます」という返答があったきりそのままだった。

他人に居場所を知られたくないタイプの人なのかとも思ったが、おそらく違う。忘れているだけだ。

「ミーティング前に用意してほしいものがあるんだけど」

今日は十五時から、共同研究をしている別の研究室メンバー三人が来て、合同ミーティングをする予定になっていた。

「旧部室棟って知ってる？」

「はい。研究棟の裏の湿っぽい建物ですよね」

倉庫になっていると聞いているが、一人ではあまり近づきたくない場所だった。

キャンパス内にある建物の中では、最も不思議な雰囲気をたたえていて――東京タワーができた頃に建てられた団地が、いまだに一棟だけ取り残されている、といったおもむきだった。

三階建ての小さな建物だが、なにしろ古くてぼろくて暗い。中にはカビやら虫やら、変なものがたくさんうごめいていそうだ。

「そこに『肥大化したマウスの剝製』があるから、持ってきてほしいんだ。ラベルがついているからわかると思う。このくらいの大きさ」

ナオは胸の前で手を広げる。ちょっとした猫くらいのサイズだった。ぎょっとした。ネズミは嫌いなのだ。

「ずいぶん大きいですね。動きませんよね」

「剝製だから」

「……ですよね。素手で触っていいものでしょうか」

「ラテックスグローブ、大部屋にあるから持っていけば」

「わかりました。このメールを送信し終わったら行ってきますね」

ナオが去り、研究協力課宛《あ》てのメールを一本送る。正直まったく気が乗らないが、これも仕事である。

陽乃はラテックスグローブと旧部室棟の鍵を取りに大部屋へ行った。そういえば棟内のどこに剝製があるのか確認し忘れている。

ナオの席に行ってみたら、からっぽで誰もいない。仕方なく、隣の席で立派なカメラをいじっていた圭《けい》に声をかけた。手に持っているのはデジタル一眼レフというやつだろうか。

「陽乃さん、ちょっと見てくださいよ！　めちゃくちゃ可愛《かわい》くないっすか？」

すごい、復活してる……と陽乃はおののいた。

圭は今日の午前中、あの過酷なディスカッションでまたボコボコにされたのだ。その直後は干からびたソフトコンタクトレンズのようにしょげかえっていたのに、もう元気に復活している。

佐和《さわ》が言うように「よくあること」なのかもしれないが、慣れない陽乃はやっぱり心配になってしまうし、だから復活しているのを見るとほっとする。

「可愛いって、なんです？」

カメラの液晶モニターをのぞき込むと、さび柄の猫が超アップで写っていた。レンズのすぐ近くまで来ているのだろう、片方の前足をぐーんと前に出している。口はまるで笑っているように開き、思わず「にゃあ」とフキダシをつけたくなるような顔をしていた。

よく見れば、ずいぶん低いアングルから撮られている。地面にはいつくばってカメラを向けたのかもしれない。控えめに言っても、とんでもなく可愛い写真だった。

「うわ、可愛いですね！　可愛いです！　どうしたんですか、これ」

「昼の間に俺が撮ったんすよ。研究棟のまわりに猫いるの、知りません？」

そういえば何匹か見かけたことがあった。大きな黒猫とそれより小さめのさび猫。圭によると、さび猫は兄弟で、二匹いるそうだ。

他にもありますよ、と圭は次々に写真を見せる。どれも躍動感があって表情が生き生きとしていた。写真のことは詳しくないが、これはカメラマンとして相当な腕前なのではないだろうか。

「写真、ものすごく上手ですね。意外です。びっくりしました」

「意外って。陽乃さんの俺への期待値、低すぎじゃね？」

また決めつけてしまった。陽乃は自分にがっかりした。

「いえ、意外と言っても悪い意味ではなく……」

そう言っておきながら、悪い意味じゃなければどんな意味だろうと、自分につっこむ。

「でも、めっちゃ嬉《うれ》しっす。俺、猫ほんっと好きなんすよねー。猫アレルギーだからこの距離が限界なんすけど。飼ったら鼻水と涙ですごいことになる。報《むく》われない愛が、俺をしてこの写真を撮らせるんすよねぇ……」

そう語る圭本人は、猫というよりも遊んでほしくて尻尾《しっぽ》を振っている犬っぽい。このまま放っておくといつまでも猫への愛を語られそうだったので、早々に本題に入った。

「ちょっとうかがいたいことがあるんですが」

「合コン？」

そんなわけがない。

「違います。辻《つじ》さんから、旧部室棟にある剝製を持ってきてほしいと言われたんですけど、詳しい場所を聞き忘れてしまって」

圭は、「あーそれね。はいはい」となぜか大喜びして、うしろの机の空いている椅子《いす》を引っ張ってきた。大部屋にいる他の院生と研究者たちが、一瞬だけ陽乃のほうを見たような気がした。

「まあ座ってよ」

座ったほうが、立ったままよりも断然メモを取りやすい。意外に気の利くところがあるな、と陽乃は思った。圭は前かがみになり、いつになく真剣なトーンで話し出した。

「旧部室棟の話って、もう聞いた？」

「……いいえ」

なんだかいやな予感がした。うつむきかげんになった圭の頰《ほお》のあたりに、すっと影がさす。こういう雰囲気には覚えがある。夏の夜、花火のあとなどに。みんなで集まったお泊まり会の夜などに。誰かが予告もなく始めるのである。

これは間違いなく、陽乃が大の苦手としている怪談話の気配。

「建物の場所は知ってますよね。この棟より奥の、大学の敷地の果て。あそこ、四十年くらい前までは短大生向けの女子寮だったけど、短大が廃止されたあと、二十年くらいは大学の部室棟だったんすよ。で、今は脳研と、理学部と工学部の大学院研究科の倉庫になってるんだけど――」


ミツルくん。

倉庫になる少し前、そういう名前の学生が、部室棟の一階で首を吊《つ》った。

ミツルくんは岐阜県出身。野球推薦でこの大学に入学した。

色黒で瞳がつぶらで前歯がちょっと出ていて、リスのような愛嬌《あいきょう》のある顔立ちの青年。

そのうえよく笑い、よく食べる。

ミツルくんは、学年問わず人気者で、入学当初からチームのムードメーカー的存在だった。

もちろん女の子たちが放っておくはずがない。まだ携帯電話や電子メールがあまり普及していない時代だ。学生寮の共同電話に、ミツルくんに取り次いでほしいという女の子たちからの電話が、週に三度四度はかかってくるほどだった。

彼はモテた。なのにいっこうに彼女を作る気配がなかった。不思議に思って友達が訊《き》けば、実は中学時代に結婚を約束した彼女がおり、地元で待っているのだという。

——将来はプロ野球選手になって、彼女を呼び寄せたい。それが俺の夢なんです。

そう言って、どんぐりのような瞳をきらきらさせて、ミツルくんは笑う。

しかし大学三年生の時に、現実の荒波がミツルくんの人生に押し寄せた。通学中に歩道を歩いていたところを、酒気帯び運転の車に突っ込まれ、右手右足を複雑骨折してしまったのだ。

野球はできなくなり、そのうえ当時は就職氷河期。プロ野球選手になることだけを目標にしていた彼は、うまく頭を切り替えることができず、就職戦線からも脱落することになってしまった。

部活動を辞めたミツルくんは、ほんの少しでも安らぎを得ようと、ある日ふらりと帰省する。すると、結婚の約束をしたはずの彼女が、別の男と結婚しているではないか。

——あの頃は私たち、まだほんの子供だったじゃない。そんな約束、もう忘れちゃったわ。

彼女は屈託なく笑った。

やがてミツルくんは大学に戻ってきた。つらいことが続いたはずなのに、なぜか愉快そうだった。歩くのには松葉づえが必要だし、右手はうまく使えずスプーンで食事をしていたが、かつてのような人懐っこい表情が戻っていた。「親に頼んで留年させてもらおうかな。野球ばかりであまり勉強をしてこなかったから、むしろちょうどいいかもしれないや」などと話していた矢先の出来事だった。

ある朝早く、野球部の一年生がいつものように部室に行った。

そこでユニフォームを着て変わり果てた姿のミツルくんを見つける。かたわらには手書きのメモがあった。

――百人会議で一位指名されました。バットをたくさん持っていきます。

「腰のベルトあるでしょ、あそこにバットを九本、腰蓑《こしみの》みたいにさして揺れてたらしいんすよ。それがカランカランと音を立てて……」

「あーあーあー聞きたくないーやめてー」

陽乃は両耳を押さえて絶えずうなっていたが、圭の話は最後まで聞こえてきてしまった。なかなか迫真の演技で、ミツルくんの彼女の台詞《せりふ》などは女性っぽい声色《こわいろ》を使い、それがさらに怖さを増幅させていた。

「それ以来、旧部室棟に行くと、黒い影が見えたり、誰もいないはずなのにドアが閉まったりするって話です。動物の鳴き声が聞こえるっていう話もある。それは実験で犠牲になったマウスやサルの怨念《おんねん》らしいんすけどね」

「あーあーそんなところには行きたくないですーあーあー……」

耳を塞いだまま立ち上がると、うしろにいた人とぶつかってしまった。振り向けば、いつの間にか席に戻っていたナオである。

「辻さん！　すみませんが、こればかりはお断りさせていただけませんか！」

ナオは涼しい顔をして、誰かのお土産《みやげ》の鳩《はと》サブレーをものすごい勢いで食べはじめた。

「大丈夫だよ。私も見たことあるから」

ラテックスグローブがぺらっと差し出された。

「辻さん、霊感があるんですか？」

「ない」

ナオは二枚目の鳩サブレーの袋を開けて、頭からばりばりかじる。

「俺も霊感ないけど、見たことありますよ。なんか黒い影がカタカタッと。一度見ちゃえばたいしたことないって」

そう言って、圭が旧部室棟の鍵束を陽乃に押しつける。

「無理です。お二人のほうが場所もわかってるし、慣れてるじゃないですか」

「私、これからミーテイングの準備しなくちゃいけないんだ」

「俺もプロジェクターのセッティングあるんだよね。『肥大化したマウスの剝製』は一〇二号室の奥の棚に置いてあるんで、よろしくお願いします」

二人ともまったく助けてくれる様子がなかった。

ふとまわりを見ると、大部屋にいる人たちがみんなさっと顔をそむける。笑いをこらえているようだ。きっと陽乃が身も世もなく怖がっているからに違いなかった。

そうか、この人たちは怖くないのだ。理系の人たちにとって、幽霊や超常現象などの類《たぐい》はとっても非科学的でくだらないものなのだ。いちいち怖がる必要がないくらいに。

ならば……と陽乃は静かに覚悟を決めた。

「──わかりました。行ってきます」

そう言い残して、陽乃は外に出た。

よりにもよって空は曇《くも》っている。気温も湿度も高く、とても不快な天気だった。

旧部室棟までの道はしばらく放置されたままらしく、ところどころアスファルトを割って雑草が伸びだしていた。場所によってはアスファルトが完全に剝がれて黒土があらわになっている。なんともいえない湿ったにおいが漂っていた。

金属製のドアの前で立ち止まり、入るのをしばしためらう。

今のところ不穏な気配は感じられない。ただし、陽乃の中の不快指数メーターは完全に振り切っている。こんな時こそ、エリック様の力をお借りするのだ。

「俺の体は今日から脳だ！」

陽乃は小声でそう叫んで鍵を回すと、重いドアを引き開けた。ぎぎぎぎと不気味な音が鳴る。かび臭いにおいが鼻と喉《のど》に迫り、手袋だけではなく使い捨てマスクももらってくればよかったと後悔した。

建物の中は、こんな真っ昼間なのに、そして廊下の片側には窓があるのに、地下室のように薄暗かった。

すぐさま電灯のスイッチを探す。ドア近くの壁についていたスイッチは、黒くて小さなレバーの形をした旧式のものだった。それを下げると、天井の蛍光灯《けいこうとう》がパパパパと廊下の奥までついていく。いくつかの蛍光灯は切れかかっていて、不気味にチカチカと点滅していた。

「明るければなんとかいけそう」

わざと声に出してみる。黙っていると聞こえもしない声が聞こえてきそうだった。

廊下のちょうど真ん中あたりには、部屋ではなく階段があるようだ。そこだけ壁がなく、上にある踊り場の窓から自然光が入り込んでいる。

しかし陽乃はどうしても階段のあたりを見たくなかった。今、自分に見えている空間以外にもまだ空間が広がっていると考えるのが怖い。二階や三階になにかがいるのではないかと、脳みそが勝手に想像してしまう。

脇目もふらずに剝製が置いてあるという一〇二号室を目指した。幸いなことに、その部屋は手前から二番目。さほど遠くはない。早足で進み、冷たくて丸い金属製のドアノブを右手で握った。回して引っ張るが、ちっとも開かない。焦って何度も引っ張ってから、ふと気付く。

「ここも鍵がいるんだった……」

陽乃は左手の中にあった鍵束を右手に持ち替えようとして、うっかり落としてしまった。ガシャンという音が廊下に響く。かがんでそれをつかんだ時——。

一瞬、視界に入った階段のあたりに、なにかがいたのである。

陽乃は動きを止めた。

恐ろしくて、もう二度とそこを見ることはできないが、たしかにいた。

黒い影。人だ。人の頭だった。

誰かが階段のある角に隠れ、頭だけ出してこちらを見ていた。

そして陽乃が気付いたことに気付いたのか、早足で階段をあがっていった。足音がはっきりと聞こえる。きゅっきゅっと床を擦るような足音だ。

陽乃は息を殺して立ち上がった。

そして、一目散に逃げ出した。

◆

「だから、本当に見たんですよ！　階段のところに誰かがいたんですってば！　足音も聞こえたんです！」

大部屋に駆け込んだ陽乃は、ナオと圭に訴えた。手も足もまだ震えていて、歯の根が合わない。ところが二人は座ったまま顔を見合わせてにやにや笑う。

ナオがぽつりと言った。

「すごいな。そのパターンは初めてかも」

「陽乃さん、リアクション最高っすよ！」

パターンとは？　リアクションとは？

陽乃には二人のリアクションのほうがよっぽどわからない。

「なに言ってるんですか！　みなさんも見たんですよね⁉」

二人を交互に見つめると、圭が気まずそうに視線を泳がせ、猫クッションを抱きしめた。

「いやーなんていうか……悪いことしちゃったかな。そこまで暗示に弱いとは思ってなかったんす」

珍しくナオまでもが、申し訳なさそうに眉尻を下げた。

「実はこれ、この研究所の恒例行事なんだ。新しく入ってきた人を対象にした、いわゆる肝試《きもだめ》しというか、ドッキリ」

「……は?」

　驚いた陽乃は、また鍵束を床に落としてしまう。それをナオが拾った。

「ミツルくんの話は全部、先代の誰かが作ったフィクションなんだ。誰も自殺なんかしてない」

「じゃあ、カタカタ動く黒い影は……」

「それは、指示された場所に置いてあったアイテムのことで――」

　ナオと圭の時は、「『学長から預かっている一体百万円はくだらないビスクドール』を持ってきてくれ」と指示されて行くと、指定場所には音感センサーで動く花の形をしたプラスチックのおもちゃが置いてあった。

　佐和は「『学内若手発表賞の賞品にする腕時計』を持ってきてくれ」と指示されて行くと、音感センサーでカラフルに発光するブレスレットが置いてあった。音感センサーを搭載したおもちゃは、ターゲットを驚かせるのにより効果的、つまり面白いのだそうだ。

　奈爪《なつめ》りりかはラメ入りスライムを両手で伸ばしながら楽しそうに戻ってきて、「私、ホーンテッドハウスは大好きなんですよー」と笑った。

　竜ケ崎《りゅうがさき》太郎《たろう》は、「僕は絶対に行きません」ときっぱり断った。

分である。

　彼女たちの反応を聞かされた陽乃は、一気に全身の力が抜けてしまった。近くにあった椅子をたぐりよせて勝手に座り、がっくりとうなだれる。溶けかけの雪だるまになった気分である。

「……私も断ればよかったんですね。怪談は本当に苦手なんです。お化け屋敷も」

「ごめんね、陽乃さん」

　行きたくないのに断れなかった自分が情けなかった。それ以上に、これほどあっさり暗示にかかってしまう自分が、とても単純で無能のように思えた。

　でもたしかに陽乃は見たのだった。階段のある角からこちらをうかがっていた人影を。足音まで聞こえた。生々しくて、とても幻聴とは思えない。

「私が見たものはなんだったんでしょう」

「陽乃さんは、実際にはなにも見てないんすよ。脳が見せた錯覚。マジでごめんね」

「……いえ、気にしないでください。私はなにも見なかったし、聞かなかったんですよね……。逆にそのほうがいいです、戻ります」

　やっとのことで立ち上がり、ふらふらしながら研究室へ向かう。椅子に座ってパソコンのディスプレイを眺める。新着メールをチェックするが、文字が頭の中を川のように流れていってしまい、内容がちっとも入ってこなかった。

　突然聞こえてきたノックの音に驚き、陽乃は「ぎゃ！」と無様な悲鳴をあげて振り返った。

入ってきたのは圭だった。

「ぬいぐるみ回収しに行きません？」

陽乃は顔をしかめる。

「……ぬいぐるみ？」

「そう。一〇二号室には猫のぬいぐるみを置いたんだけど、それ俺の私物なんすよ。二人で行けば大丈夫っしょ？」

「その考えは甘いです」

陽乃は大きく首を横に振った。

ホラー映画では、人数を増やしたら増やしただけやられるものだ。怪談話は苦手でも、ホラー映画なら少しは耐性がある。特に洋画だと現実味がないぶん、わりと観《み》ていられるのだった。ピエロの恰好《かっこう》をした殺人鬼も、人殺し人形も、ましてやゾンビなんて、そんなもの絶対にいないから。

「それは二人とも死ぬパターンです。行くならお一人でどうぞ。私はもう行きたく――」

そう言った直後に、旧部室棟の鍵をかけ忘れてきたことを思い出してしまった。あの時は逃げるのに精一杯で、施錠《せじょう》のことなんて考える余裕がなかったのだ。鍵をかけなかったのは自分だから、圭に押しつけるわけにもいかない。しかし行きたくない。

困った、どうしよう——とチベスナ顔になりかけた時、部屋の窓際のあたりでガタンと大きな物音がした。

「ひいいっ！」

陽乃はまた妙な悲鳴をあげて、思わず圭のシャツの裾《すそ》をつかむ。見ると、彼もまた目を見開いて恐怖の表情を浮かべていた。陽乃たちは息を殺して、パーテーションのあるほうを凝視した。

「飽きもせず幽霊ごっこですか」

パーテーションの奥から千条がのっそりと出てくる。二人とも彼が離席中だと思い込んでいたから、ほっとして大きな息を吐いた。

圭にいたっては、心臓のあたりを両手で押さえ、目を剝《む》いている。

「うっわ、先生いたんすか。マジでびびったわ……」

「僕はいますが幽霊はいません。神経生理学で言えば幻視または幻聴。心理学から説明すればパレイドリアというものでしょう。僕は心理学の人間ではないため詳しくありませんが」

専門用語を知らないのは、この中で陽乃だけだ。きょとんとしていると、圭が解説を始めた。

パレイドリアは「ランダムな意味のないパターンから、自分のよく知っているパターンを見出してしまう現象」のこと。

たとえば、自然にできた地形なのに「獅子《しし》岩」「ゴジラ岩」「鬼の洗濯板」など似ているものの名前をつけたり、ニンジンやダイコンを人間の形に見立てたり、ビートルズの曲の逆再生された音声部分から死のメッセージを受け取ったり。

その中でも「点のようなものが逆三角形に三つ並んでいると、それを顔と認識してしまう」ことをシミュラクラと呼ぶそうだ。

車のヘッドライトとグリル、コンセントの差し込み口、葉っぱの虫食い跡、建物の窓の配置。ナカグロ二つとアンダーバーで顔に見える顔文字なんかもそうだ。木目も壁に浮かんだしみも、なにかが目と鼻や口のように配置されていれば不気味な顔に見えてしまう。

こういったものが心霊現象の正体だと考えられている。ということは——。

「私が見た人影も聞いた足音も、そういうナントカ現象なんでしょうか」

千条は書類で散らかったミーティングテーブルの上に腰かけて眼鏡をはずし、それを白衣の袖《そで》で拭きはじめた。そこは座る場所ではないし、書類をお尻で踏んでいるし、白衣も汚れているが、そういったことはまったく気にならないようだ。

「そうです。なにか別の影を人影だと、山影《やまかげ》さんの脳が認識しただけです。あの建物は周囲がちょっとした林になってますから、風で木が揺れた音などを足音ととらえたのでしょう。山影さんは事前にミツルくんの話を聞きましたね。なにも聞かずに行けば、なにも見ないし聞かなかったはずです」

あまりきれいになっていない眼鏡をかけなおして満足そうにしている。それだけの生まれ持った美貌《びぼう》があれば、なんかもっとこう、いくらでもやりようがあるだろうに。ひとことで言えば、もったいない。

「じゃあ、先生も俺らと行きません？」

圭がヒッチハイクのポーズをすると、千条が即答した。

「お断りします。死んだ人間は幽霊になって出てきたりなどしません」

立ち上がり、サンクチュアリに戻ろうとしたところに、圭がわざとらしくつぶやく。

「まさか先生も怖い……わけないか」

千条が立ち止まる。

「怖くはない」

と、そこで陽乃は気付いたのだった。圭は千条を挑発しているのだ。このままではまんまと肝試しに行くはめに陥《おちい》ってしまうけれど……ちょっとだけ面白そうなので黙っていることにした。

「本当は怖いんすよね？　いやいいんですよ、誰にだって苦手なものはあるもんです」

さももののわかりのよいような口ぶりだ。千条が振り返り、眼鏡を指で押し上げた。

「僕はそういった類は信じていないから、まったく怖くはないですね」

あ、むきになってる。

いつもは仏頂面《ぶっちょうづら》の千条が、心なしか挑戦的な表情になっていた。もうひと押しで肝試しに参加させられそうだ。その時、陽乃は思いついてしまった。

「……あの、実は施錠を忘れてきてしまったので、どのみちもう一度行かなくちゃいけないんです。もしよろしければ、一緒に来ていただけませんか」

お願いします、と頭を下げると、千条がふうと短いため息をついた。

「そこまで言うのなら。いいですよ、行きましょう」

千条が白衣をひるがえして部屋を出ていくと、圭がよくやったとばかりに陽乃に向けて親指を上げる。陽乃は部屋にあった使い捨てマスクを急いで三枚取り、ポケットに入れた。

◆

ひんやりとした人気《ひとけ》のない廊下に出ると、千条の姿がない。一人で先に行ってしまったようだ。圭が「はや！」とこぼす。廊下を歩きながら、陽乃は小声で問いかけた。

「先生を誘ったのってもしかして、それとなく午前中の復讐《ふくしゅう》だったりします？」

圭の顔に、ぱっと満面の笑みが広がった。

「バレたか！　俺、ちょいちょい復讐してんすよ。で、あとで仕返しされるんすけど」

「仕返し？」

「そそ。猫クッションにガムテで眉毛つけられたり、パソコンの起動音をウィンドウズ95の終了音に変えられたりさ。しかも最大音量になってんの。あれ地味にびびるんだわ」

それは仕返しなんだろうかと、陽乃は思った。子供同士がいたずらし合っているようにしか聞こえない。仕返しと呼ぶには害がないし、むしろ楽しそう。

「そういやノートパソコンの壁紙が、俺の泥酔写真に変えられてたこともあったな」

泥酔写真。恐ろしくてどんな写真なのかと詳しく聞く気にはなれなかった。

「プロジェクターにつないだらその写真がスクリーンにドバーンって……。偉い先生たちも来るセミナーでだよ？　めっちゃ恥かいたわ」

あきれて笑ってしまった。

でももしかしたら、そのくらいの報復合戦のほうが平和でいいのかもしれない。今どき、下手ないやがらせをしたら、それこそパワハラだアカハラだと訴えられる可能性もある。案外それは計算ずくの仕返しで、圭にとってのガス抜きにもなっているのかもしれなかった。

外に出ると、重苦しい雲の切れ間から日差しが差し込みはじめていた。

「千条先生、年に数回なら冗談を言うんだそうです。ご本人がおっしゃってました」

「え？　なにそれ？　なにもう打ち解けてんの？　あの変人先生と」

「打ち解けてませんよ。今なお理解不能な部分が多いです」

「まあね。話しづらくて煙《けむ》たがってる人もいるけど、俺はわりと好きなんすよ。なに考えてるかわからなすぎて逆に読み合い不可能っていうか、ストレートに言ったほうが早いじゃん、あの人」

そのとおりだった。日頃陽乃が考えていたことを、圭はいとも簡単に表現してくれた。

「わかります！　高柳《たかやなぎ》さん、意外と——じゃなくて、いいこと言いますね」

おしゃべりをしているうちに、旧部室棟に着いた。

千条は出入り口のドア近くにあるレバースイッチをつまんで上下に動かしている。そのたびに廊下の天井にある蛍光灯がついたり消えたりするが、いくつか切れかかっているせいでチカチカと点滅しておぼつかない。

「待ちくたびれました」

「すみません」

陽乃が頭を下げる。

「さきほど建物から出る時に、明かりは消しましたか？」

「いいえ」

「おかしいですね。消えていました」

陽乃と圭は、ぎょっとして顔を見合わせた。

「人影を見たのは、あの階段なのですが……」

と指をさして示す。千条がためらいもなくその場所へ歩いていくので、陽乃と圭はあとからこわごわついていった。階段近くまで来ると圭があたりを見回す。

「なんにもないっすね」

「当然です。あの踊り場の窓が原因の一部かと」

千条が見上げた先には、レトロな木枠の窓があった。外にはうっそうと木々が生い茂っていて、風で木々がそよぐたびに、窓からの木洩《こも》れ日もちらちらと動いた。

「階段の下まで届いたあの影が、山影さんには人間の影に見えたのでしょう」

窓から差し込む初夏の光は無邪気でとても美しかった。あんなに穏やかできれいな木洩れ日の影を、恐ろしい人影に見間違えるなんてあるだろうか。あまり納得がいかなかった。

今回ばかりは自分の脳みそをもっと信じてあげてもいい気がする。

圭が訊く。

「じゃあ、足音はなんなんすかね？」

「あの音では」

千条が窓枠を指さしたので、三人して立ち止まり耳を澄《す》ませた。

木の枝が窓に触れ、ときおりカタン、カタンと小さな音を立てている。

「なるほど」

圭は納得したようだ。けれど陽乃は腑《ふ》に落ちなかった。あんなにかわいらしい音ではなかったのだ。きゅっ、きゅっ、きゅっ、と……それこそ上履きやゴム底の運動靴で床を歩くような、重さのある音だった。

でも、失意のうちに自《みずか》ら命を絶った何者かの幽霊だと怯《おび》えるよりは、木洩れ日や枝の音だと考えるほうが、よほど気持ちが楽である。

「以上です。神経生理学的な幻視や幻聴ではないでしょう」

千条はそう言うと、またすたすたと大股《おおまた》で歩き、一〇二号室へ向かっていく。二人は慌ててついていき、陽乃が鍵穴に鍵を挿《さ》し入れる。

「今先生がおっしゃった、神経ナントカ的なって、どういうことでしょうか?」

かちりと鍵が開き、ノブをまわした。

「あなたの脳の配線には、いつもと様子の違う部分がないということです。『正常』ともいいますが、そもそもなにをもって正常とするのか判断が難しい」

「はあ」

よくわからなかったが、陽乃の健康状態は悪くはないということだろう。

ドアを開けて中に入り、蛍光灯のスイッチを入れる。

部屋はほこり臭く、かつての千条研究室とまではいかないが、かなり散らかっていた。引き出しのゆがんだスチールデスクや、シートからスポンジが飛び出した椅子などが隅《すみ》に寄せられて置いてあり、段ボール箱がそこここに積み重ねられている。

圭がくしゃみをした。

「空気悪いっすね。俺、猫以外はわりと大丈夫なのにな。花粉症もないし」

くしゃみは止まらず、そのうちずるずると鼻をすすりはじめた。

部屋の中央に間仕切りとして置かれているスチールラックに、工事現場で使うような黄色いヘルメットがあり、ほこりが積もっているせいでうっすらと灰色に変わっている。圭が顔をゆがめてそれをつつくと、指の跡がついた。

「そういえば、ヘルメットをかぶせて幻視を見せる実験、ありましたよね。『神のヘルメット』とかいうやつ。他の研究者の追試験で否定されてた、け、ど……」

そこまで言うと、圭はアーックショイ！　と派手にくしゃみをした。陽乃は使い捨てマスクを持っていたことを思い出し、ポケットから出して一枚を圭に渡す。

「まじすか！　陽乃さん、神っすね。あざーす！」

千条を見ると、しかめっ面で制止するように手のひらを前に出した。マスクは不要というジェスチャーのようだ。陽乃は神妙にうなずいて、一枚は自分で使った。

千条は部屋の中をうろうろと歩き回り、点滴の時に使うような透明なチューブやら、先の曲がったピンセットやらを見つけ出しては、興味深そうにつまんでいる。

「あれはきっと、インチキであったり人を騙《だま》そうとして行ったわけではないでしょう。彼には彼なりの信念があったのだと僕は思います。僕とは意見が合いそうもないですが」

千条たちの話によれば、『神のヘルメット』とはこんな内容だった。

カナダの大学である研究者が、脳の右半球の側頭葉《そくとうよう》を磁気で刺激する『神のヘルメット』を作った。これをかぶった被験者は、神の存在を感じたり、亡くなった家族が目の前に現れたりといった神秘的な体験をしたのである。

「でも、根本的に実験のやり方が間違ってたんすよ」

本来なら、脳みそを磁気刺激する『神のヘルメット』をかぶせた人たちと、なにも刺激しない『普通のヘルメット』をかぶせた人たちに同じ実験をして、結果をくらべなければならない。しかしその研究者はそれをしなかった。

当然批判も出てくる。そこで別の研究者が正しい方法で実験をしたところ、『普通のヘルメット』をかぶせた人たちも神秘体験をしてしまった。これでは磁気刺激の意味がなくなってしまう——とそこまで聞いて、陽乃は声をあげた。

「えっ？　それってつまり、ただの暗示じゃないですか」

「ですねー。神秘体験したいなーと思ってた人が神秘体験をしただけ。人間って、見たいものを見る生き物なんすね。って言っても、側頭葉を磁気刺激すると、幻視があったり通常時と違う感覚を得たりすることは、確かにある」

脳の疾患《しっかん》によっては、同じようなメカニズムで幻覚を見てしまうこともある、と圭は言う。

「高柳さん、説明すごくわかりやすかったです。チャラいだとか、ただの合コンマニアだとか思っていてすみませんでした」

陽乃ははっと気付いて、マスクをしている自分の口を手のひらで覆《おお》う。またよけいなことを言ってしまった。前を歩いていた圭が振り返って苦笑した。

「うはは。合コンマニアってウケる。俺、この先も就職しないで、どっかで任期なしのポストを狙って研究続けるつもりだけど、今の俺の立場ってなんの保障もないんすよ。ね、先生？」

「頑張ってください」

突き放されたが、圭はめげずに続けた。

「それでも人並みに安定した幸せな結婚を望んでるわけ。ってことで、間口広くして積極的に動いてるわけっす。ね、先生！」

「同意を求めないでください。人それぞれです」

そういえば千条も、似たようなことを言っていた。

よい未来が待っている保証はないと。高学歴の科学者はみんなとても恵まれた人たちで、気楽に研究だけをして過ごしながらそこそこいい収入を得ているのだろうと陽乃は思っていた。全員いわゆる勝ち組。ところがそうでもないようだ。

「……すみません。私、今までそういうことぜんぜん知らなくて。研究する方たちってけっこう綱渡りなんですね」

「ですです。ポスドクのまま年取って、企業に就職するにもすでに遅くて、人生詰んじゃうやつとか普通にいるからね——あ、いたいた！　猫一号。無事保護！」

圭の嬉しそうな声が部屋に響き、陽乃と千条が顔を向ける。

ヘルメットのあったスチールラックの奥に、よく病院で見かけるような、二段のステンレスワゴンがある。猫のぬいぐるみは、その上段にぽつんと置いてあった。

茶トラ模様で、首から下げた小さなホワイトボードに「肥大化したマウスの剝製とはオレ様のこと！」と書いてある。陽乃たちがあれこれ話をしていても動かなかったということは、音感センサーは搭載されていないようだ。

圭はようやく救出できたぬいぐるみをワゴンの真ん中に置きなおし、首をかしげる。

「おっかしいよなー。俺、ここに置いたはずなんだけど。なんでこいつ、こんな端っこにいたんだ？」

「え。ちょっと待ってください高柳さん。そういうのやめて」

陽乃があとずさる。

「いやマジで真ん中に置いたんすよ。威張ってる雰囲気出したくて、ワゴンの真ん中に……。なんかここ、ガチでやべーんじゃね？」

圭がぬいぐるみをつかんで、ゆっくりとあたりを見回した。そんな恐ろしいことを耳にしたら、また暗示にかかって、ありもしない気配を感じてしまいそうだった。陽乃は助けを求めるように千条に視線を向けた。さっきのような科学的かつ的確な解説をしてほしかった。

千条は白衣のポケットに入れた両手をばさばさ動かし、そっけなく答えた。

「おおかた高柳くんの勘違いでしょう」

そして、中途半端にカーテンの開いた窓に近づいていく。

「それに、死んだ人間は幽霊になって出てきたりなどしません。いるなら会ってみたいものです」

カーテンの隙間《すきま》から差し込む木洩れ日が、千条の眼鏡に反射している。

背中側が影になったせいか、なぜだか少し寂しそうに見えた。

千条はするりとカーテンを引いて閉め切ると、部屋をうろうろしはじめた。もうこの状況に飽きてしまったようだ。はっと気付いて腕時計を見ると、もうすぐ十四時半である。

「お二人とも、もうそろそろ準備に行かれたほうがよろしいのでは？」

「あ、そうだった。ミーティング」

三人揃《そろ》って部屋を出て、廊下にコツコツと響く足音に耳を傾ける。落ち着いてよく見れば、なんということもないただのレトロな建物だ。幽霊はいない。陽乃は幽霊など見たくないから、きっと出てこない。幽霊は見たい人間のもとにだけ現れるのだ。

消灯よし。

施錠よし。

一度目とは違い、しっかりと戸締まりをして外に出た。

空は雲が消え、強い日差しが木々の間から降り注いでいた。マスクを外すと気分がすっきりした。

「日焼けしそう……」

思わずつぶやいて、目を細める。

研究棟の裏から正面入り口のある表へまわると、遠くから歩いてくる女性が、陽乃を見て大きく手を振った。

「……誰？」

マダム風の女は、大振りのサングラスをかけ、つばの広い麦わら帽子をかぶっている。

陽乃は目を凝《こ》らした。

「陽乃ちゃーん！」

その声を聞いて息が止まりそうになった。

サングラスと帽子を取り、手をメガホンのように口元に添えて叫ぶのは、母の風美子《ふみこ》だったのだ。

「お……お母さん？　なんで⁉」

この仕事のこと、知らないはずなのに。

陽乃がうろたえて立ちつくしている間にも、風美子はどんどん迫ってくる。きちっと隙のないデパコスメイクをし、ヒールの高いパンプスでカツカツ近づいてくる。陽乃のうしろで圭が「お母さんってマジで？　ウケる！」と盛り上がっているが、陽乃にしてみればウケる要素なんて一つもない。

「何度も電話したりＬＩＮＥ《ライン》送ったりしたのに、陽乃ちゃん、気付いてくれないんだもの。でもタイミングよく会えてよかったわ」

風美子はスカイブルーのひざ丈カシュクールワンピースを着て、白いリネンジャケットを羽織っていた。毛先をゆるめに巻いた髪型や、収納力が低そうな小さめのハンドバッグのチョイスが、五十代にしては若々しい。地味で存在感の薄い陽乃とは正反対だった。並んで歩いていても、親子だと思う人はなかなかいないだろう。

「なあに、陽乃ちゃんのその前髪。変よ、それ。みっともない」

陽乃はとっさに自分の前髪を手のひらで隠した。風美子が小首をかしげて千条たちに微笑《ほほえ》む。

「はじめまして。山影陽乃の母です。いつも娘がお世話になっております。これどうぞ。みなさんで召し上がって。お口に合うといいんですけど」

キャンドルモチーフのイラストが入った紙袋を陽乃に渡した。有名店の焼き菓子アソート。それを見て、陽乃には予想がついた。光里《ひかり》が口を滑らせたのだ。光里が働いている百貨店のデパ地下にこの店がある。

風美子は、早く私に同僚を紹介してよと言いたげに、期待を込めて陽乃を見つめた。

母がなにかおかしなことを言いだす前に、何事もなくこの場を収めたい。陽乃は微妙な笑みを浮かべ、小声で言った。

「あ……えっと、こちら、私が勤めている研究室の千条誠《まこと》先生で、こちらが同じ研究室の大学院生、高柳圭さんです」

もっさりとした千条と、興味津々《しんしん》で目を輝かせている圭が会釈《えしやく》をする。

「千条先生と高柳さんね。この子、みなさんにご迷惑をおかけしていないかしら。不器用だし気が利かないし、真面目《まじめ》なだけで愛想も悪いでしょう?　それが秘書なんて。ねえ、陽乃ちゃん」

風美子が陽乃を小突く。二人を見下ろしていた千条が、真顔で言う。

「ヘルメットをかぶっただけで幽霊が見えてしまうのと同じように、人は物事を見たいようにしか見ないものです。お母様は不器用で気の利かないお嬢様がお好みなのでしょう」

風美子は笑顔を貼り付けたままぽかんとしている。陽乃も似たようなものだった。意味がよくわからない。圭だけが噴き出すのをこらえている。

「勤務にあたっては愛想よりも真面目さを重視していますので特に問題はありません」

「……あら、そう、そうなの。よかったわね、陽乃ちゃん。ところで、お仕事場の中には入れてくれないの？　ママ、見てみたいな」

そんなわがままを言わないでほしい。陽乃が阻止しようとすると、千条が早口で一息に言った。

「機密情報を扱っているため関係者以外立入禁止という厳格な規則が存在します」

圭が陽乃にアイコンタクトして小さく首を振り、「ないない、存在しない」と口を動かした。

陽乃は恥ずかしかった。突然職場に押しかけてくる風美子の非常識さが恥ずかしい。二十七歳にもなって母親の気まぐれに振り回されている自分の弱さが恥ずかしい。この状況のすべてがいたたまれなくて、水に沈められたように息苦しくなった。

「あの……すぐに戻りますので、先生たちは先に研究室に戻っていていただけますか。お騒がせして申し訳ありません」

千条は陽乃と風美子を真顔で見下ろすと、ひと呼吸置いて言った。

「それでは失礼します。ごゆっくり」

さすがに圭も気まずくなったのか、踵《きびす》を返した千条のうしろをすごすごとついていく。

陽乃と風美子は、強い日差しを照り返すアスファルトの上に残された。

風美子が額《ひたい》に手をかざして空を見上げ、帽子をかぶり、サングラスをかける。

「あの先生、変わってるわね。なんていうかほら、暗い手術室でバケモノだとか作ってそうね。機嫌悪いみたいだったけど、怒ってたのかしら？　あんな人と一緒に仕事してるの？」

この母は、この人は、いつもそうだ。無邪気でいればなんでも許されると思っている。そんなわけがないのに。そんなのが許されるのは小さい子供だけなのに。私は小さい子供だったのに、それが許されなかった。

「お母さん。私、仕事中なの。帰ってくれる？」

自分でも驚くほど冷たい声が出た。怒らずに、悲しくならずに、どうにかやり過ごしたくて、陽乃はうつむいて目を閉じた。

「ママずっと言ってきたでしょう。照幸《てるゆき》さんの事務所で事務でもやらせてもらえばいいって。大学卒業する時からずうっと言ってきたのに。だから陽乃ちゃんはいつも失敗するのよ」

目を閉じたのに、怒りも悲しみも強すぎてやり過ごせなかった。陽乃はゆっくりと目を開けて顔を上げた。

「知ってるよ。だからなんなの？」

風美子が息をのんだのがわかった。驚いているのだ。

「やだ……陽乃ちゃん、怒ってるの？」

「怒ってるよ。怒っちゃ悪い？　私だって怒るんだよ？　失敗失敗って、なんなの？　失敗かどうかは私が決めることだし、私の失敗は私のものなの。お母さんにつべこべ言われる筋合いはない！　今すぐ帰って！」

陽乃の怒鳴《どな》り声を聞いて、風美子はぱちぱちとせわしなく瞬《まばた》きをした。たぶんこのあと、この人は泣く。陽乃にはよくわかっていた。泣き顔を見たら絶対に謝ってしまう。罪悪感に負けてしまう。また「かわいそうなお母さん」に飲み込まれてしまう。だから陽乃は母を置いて、走って逃げた。こういう時は逃げるべきだということを、やっと悟ることができた。

自分の安全が最優先だ。だからお母さんも自分でどうにかして。

研究棟に戻ると、ちょうど合同ミーティングに向かう千条たちに会った。

「すみませんでした。ご迷惑をおかけいたしました」

息を切らして頭を下げると、圭が言った。

「お母さん、帰ったんすか？」

「はい。母はちょっとわがままなんです。逃げてきましたから大丈夫です」

事情を知らないナオがきょとんとしている。

千条はいつもの無表情のまま陽乃を見下ろしていた。

「このお菓子、大部屋に置いておくのでみなさん召し上がってください」

風美子は厄介《やっかい》でも、風美子が持ってきたお菓子に罪はない。それどころか、この焼き菓子はかなり美味《おい》しい。

陽乃はミーティングに行く三人を見送り、大部屋のドアを開けた。この部屋のカオスっぷりを見るとなんだかほっとする。紙袋から出した箱を開けてキャビネットの上に置き、そのへんに放り出されている付箋《ふせん》を見つけてきて油性ペンで「ご自由にどうぞ」と書いた。剝がれないように付箋をしっかり箱に貼り付ける。ご自由にどうぞ。

「私も自由にしてやる」

そうつぶやいてはっと気付くと、梶《かじ》所長秘書の太郎があっけにとられて陽乃を見つめていた。

「山影さん、なんだか雰囲気変わりましたね」

「え?」

「ひと月前は浮遊霊みたいだったけど、今は存命中に見えるよ」

どうにもわかりにくいが、悪い意味ではなさそうだった。陽乃が「ありがとうございます」とお辞儀をすると、太郎はアハハと高らかに笑いながら大部屋を出ていった。


その夜、遅番の光里が帰ってくるなり、陽乃は問いただした。

「ごめん！　まだ言ってなかったんだっけ！」

光里が拝むように顔の前で両手を合わせる。

「お母さん、職場に来たんだよ」

「嘘《うそ》だろ……」

光里が絶句した。

話を聞けば、あらかた陽乃が想像したとおりだった。風美子は、山影のネクタイを買うために光里の仕事先に現れた。それは口実などではなく、本当にショッピングに訪れただけだったようだ。が、ネクタイを選んでいるうちに光里が口を滑らせてしまった。

シャワーを浴びてリビングに戻ってきた光里は、珍しくまだしょぼくれていた。

「ほんっと、ごめんね」

陽乃はソファに座り、今日最後のニュースを流すテレビに目を向けていた。

「もういいから。光里ちゃんが言わなくてもそのうち知られちゃうことだもん。秘密にしておいてって光里ちゃんに頼んだわけでもない」

陽乃も光里も、母のことが嫌いなわけではなかった。優しい部分もたくさん知っているし、感謝もしているし、幸せになってほしいと思っている。ただ、距離をつかむのが難しいだけ。二人ともそう思っているのに、光里だけは勝っているように見えた理由を、陽乃はずっと考えていた。

光里の勝因は、陽乃という盾を利用して首尾よく風美子から離れたこと。風美子を最初から「かわいそうなお母さん」とみなしていなかったことだ。だから光里は風美子を無視しても罪悪感を抱かない。悪いのは自分じゃないと自分を信じていられる。とても健全。


「光里ちゃん、ずるい」

「え？」

「光里ちゃんが健全なのは私のおかげじゃん。感謝して」

「だから、ごめんて。感謝もしてるって。酔っぱらってんの？」

陽乃はマグカップに口をつけて、もうぬるくなってしまったカフェオレをすすった。

「でも悪いのは奇襲をかけてきたお母さん。酔ってないよ。これカフェオレだし」

光里は冷蔵庫からダイエットコークのペットボトルを取り出して、グラスに注ぐ。ちなみに陽乃と違って光里は下戸《げこ》である。

「お母さんさ、いつもの焼き菓子アソート持ってった？　うちのデパ地下の」

「持ってきた」

「やっぱり。風美子、あれ好きだよね」

陽乃と光里はくすっと笑った。

「美味しいもんね。辻さんが爆食いしてた。あの人、見た目に反して食いしん坊なんだよ」

光里がグラスを持って陽乃の隣に腰かけた。

「てかさ、そのツジサンていう人、妊娠してるね」

「はあ⁉」

唐突になにを言いだすかと思えば。陽乃はびっくりしてカフェオレを噴きそうになった。

「今まで聞いた話をまとめると、めっちゃ妊婦っぽい」

光里に話したことといえば、体調が悪そうで機嫌が悪かったことと、話せば悪い人じゃなかったこと、ダークカラーのワンピースを好んで着用していることと、鳩サブレーを食べまくっていたこと。そのくらいだ。陽乃だって、ナオが既婚者だということを最近知ったばかりなのに。

「どうして？　なんでそう思ったの？」

「野生の勘ってやつ」

光里の野生の勘は、昔からけっこうな確率で当たるのである。

4

Noken Labo.

人の話は最後までしっかり聞くものである

梅雨《つゆ》も真っ只中の頃、研究費の交付が決定したというお知らせが来た。

「もしかして、今までは決定じゃなかった？　もうお金、使っちゃってるけど……」

机に広げた書類を見つめながら陽乃《ひの》がひとりごとをこぼすと、背後で千条《せんじょう》が言った。

「決定の通知は六月末に来ますが、内定が四月に出ています。使いはじめていいのです」

振り返ると、白衣を着た千条が研究室を出ていくところだった。

「実験室にいますので緊急時以外は呼ばないでください」

そう言って廊下に飛び出していった千条に、なにかが足りなかったような気がした。なんだろう。いつもはあるはずのなにかが足りない。数秒後に陽乃は慌てて椅子《いす》から立ち上がり、ドアを開けて叫ぶ。

「先生、眼鏡！　眼鏡を忘れてます！」

エレベーターホールにいた千条に向かって、親指と人差し指で眼鏡っぽい形を作り顔にあてる。千条ははっと気付いて駆け戻り、サンクチュアリに直行した。

「考えごとをしている間は視野に別の映像が現れているため、どうも眼鏡を忘れます」

陽乃にはほとんど理解のできない言い訳をして、眼鏡をかけた千条はまた研究室を出ていった。

「エレベーターに乗る前に気付いてよかった……」

千条を見送った陽乃が、廊下に掲示されていた開催済みの学会ポスターを剝がしていると、大熊《おおくま》課長に声をかけられた。

「お疲れ様、山影《やまかげ》さん。いやあ、千条先生もすっかり心を入れ替えたようでなによりです」

課長は早口でそう言い、急ぎ足でこちらに近づいてくる。いつでも急《せ》かされているような気分にさせる人である。

「締め切り、守らせてますねえ。協力課内で噂《うわさ》になってるよ。期限内に書類が返ってくる、ってね」

「おかげさまで」

「なに言ってるの、山影さんのおかげでしょう。研究室も見違えるように片付いてるね。いいですねえ、素晴らしい」

課長があまりにも褒めるので、陽乃は背中がむずむずとして居心地が悪くなった。この人は若干《じゃっかん》オーバーなところがあり、お世辞がうまいことで有名らしい。それでもやっぱり褒めてもらえるのは嬉《うれ》しいものだ。

「この調子でせっついてやって。先生が堰《せ》き止めていた仕事が回るようになると、協力課がラクできるからねえ。なんてね」

課長はいたずらっぽくそう言って一人で笑うと、「では！」と片手をあげて足早に去っていった。

陽乃はポスターを折りたたんだあと、小さくガッツポーズを作った。自分が褒められたことも嬉しいが、それよりもこの研究室の印象を変えられたことが嬉しかった。

「イメージアップ戦略、大事」

陽乃はそうつぶやいて、古いポスターを古紙回収箱に入れた。もう「先生がロボみたいで秘書がストーカーになるあの研究室ね」と苦笑されるのは嫌なのだ。

その日の昼休みは、佐和《さわ》と学食に行ってみた。

キャンパス内には三つの学食があり、ここはそのうちの一つ。学生たちで混みあっていることは覚悟していたが、想像以上に混んでいる。雨で床が滑り、濡《ぬ》れた傘も邪魔だ。

学生が席を立ったテーブルに素早くハンカチを置いてようやく食事の場所を確保し、行列ができている麺《めん》コーナーに並んだ。

出てきたきつねうどんは、陽乃が通っていた大学の学食で出てきたきつねうどんと同じ味がした。

「そういえば、今朝のあのメール、見た?」

佐和がささみチーズカツをかじる。

「見ました。不審者情報ですよね?」

今朝出勤すると、大学の安全管理部から「不審者に関する注意喚起《かんき》」というタイトルのメールが届いていた。夜、キャンパスのすぐ外で女子学生が不審な男性に声をかけられたり、遠くからつけられたりする事案が発生しているらしい。キャンパス内での目撃情報もあるという。

キャンパス内には誰でも入れるし、近所の親子連れや老夫婦が散歩をしている程度には開放されているが、陽乃は今まで不審な人物を見かけたことはなかった。

メールによれば、男性の特徴は、眼鏡、黒髪（乱れている）、レインコート、長靴。

それを読んで一瞬、もっさりとした白衣姿の千条を思い浮かべてしまった。もちろん本人にはとてもじゃないけれど言えない。

「こういうこと、よくあるんですか？」

「たまーにね。注意喚起のメールは来るけど、その後どうなったのかのお知らせはないのよね。ちゃんと警察に捕まってるのかな」

そう言われて、学生の頃、同じような注意喚起のお知らせが届いていたことを思い出した。自分に直接関係なさそうな学生課からのお知らせなんて読み飛ばしていたので、気にしてもいなかったが、あのあと不審者はどうなったのだろう。見たこともない不審者のことより、単位を取ることや友達と遊ぶことのほうが、当時の陽乃にとってはずっと重要だった。

隣のテーブルにいた女子学生二人が、一つのスマートフォンを見ながらきゃははと笑い声をあげる。なにを見て笑っているのだろう。二人とも似たようなボブヘアで、きれいにメイクをしていた。

若いなあ、と陽乃は思った。自分だってついこのあいだまでは大学生だったのに、隣のテーブルの女の子たちと自分は、まとっている空気が明らかに違う。

きっと彼女たちには陽乃のことなど見えていない。見えたとしてもすぐに忘れてしまうだろう。陽乃が学生課からのお知らせをすぐに忘れていたように。

二十歳《はたち》の頃の自分に会えるなら言いたかった。もっとしっかり将来を考えなさい。流されるままに生きていると、いつでも緊急対応で自転車操業の、三年付き合った彼氏に突然ふられるような二十七歳になってしまうぞ、と。

ああ、雨の日はよけいなことを考えすぎてしまう。

食事を終えた佐和が、ごちそうさま、と両手を合わせる。

「不審者なんて早く捕まっちゃえばいいのにね。平和で何事もない日常が一番よ」

「ですね」


のんびりとそんなことを言っていた数日後のことだった。

千条がばたばたと授業に出かけていったあと、ナオが部屋にやってきた。

「今、先生いないよね？」

「はい。いません」

笑顔でそう答えると、ナオが後ろ手でドアを閉めた。そしてミーティングテーブルの横にあった椅子を引っ張ってきて、陽乃の向かいに座る。

「話があるんだけど」

妙にあらたまられ、びくびくしながら背筋を正す。

「なんでしょう」

「あのね、私、妊婦なんだ。今十六週」

「ふえっ⁉」

陽乃は驚いて椅子の背もたれにのけぞり、ナオのお腹《なか》をまじまじと見つめた。十六週と言われても妊娠の経験がない陽乃はすぐにはピンとこなかったが……五カ月くらいなのだろうか。

やっぱり光里《ひかり》の野生の勘は当たるのだ。

「……大丈夫なんですか」

「体調？　うん。近頃はもう安定してきた」

「なるほど。それでいつもワンピースを……」

「これはただ好きで着てるだけ。今までもしょっちゅうワンピースを着てたから、たぶん誰も気付いてないと思う」

ナオは少し下を向いて、お腹のあたりをするするとさすった。よく見れば、なんとなく膨らんでいるような気がする。

「でね、先生に報告したいんだけど、その時に同席してほしい」

いつもの辻《つじ》さんらしくないな、と陽乃は思った。ナオはもっと図々《ずうずう》しいというか、肝《きも》が据《す》わっている。千条が男性だから言いにくいのだろうか。それだけとも思えない。

「……わかりました」

陽乃はためらいがちにうなずいた。同席するのはいっこうにかまわないが、正直、なにをすればいいのかわからなかった。自分がいたところで、なんの役にも立たないんじゃないだろうか。

「契約の時には服務規程に準ずるって言われたけど、本当に復帰させてもらえるのか不安なんだ。私は任期付きのポスドクだから、最悪、解雇かもしれない。そしたら山影さんは人件費の計算をしなおさなくちゃならないでしょ」

「解雇ですか？　今どきそんなことあります？」

非正規雇用でも、普通は産休や育休を取得できて、そのあと復帰ができるものだと思っていた。そう聞いたことがあったが、違うのだろうか。

「それはひどくないですか。今まで他に妊娠や出産をしたポスドクさんは、いらっしゃらないんでしょうか」

「私も去年ここに来たばかりだから知らないいんだ。研究施設によって対応が違うみたいだし、別の大学の話だけど、実際にクビになった先輩を私は知ってる。何年か前に」

陽乃は慌ててパソコンに向かい、大学内サイトにある服務規程のページを開いた。非常勤職員の項目に、なにか書いてあるかもしれない。

「できるだけギリギリまで働いて、産んだらここに戻ってきたい。どうにか研究は続けたいんだけど、あの先生、あんまり考えずに『じゃあ辞めてください』とか言いそうで」

そうだろうか、と思った。なにを考えているのかいまいちつかめないが、そんなに非常識な人ではない気がする。

服務規程のページには、労基法どおりの産休と育休期間が書いてあるだけだ。このとおりに休みを取ることができるはずだし、問題なく復帰できるはず。けれど、千条に確認してみたところで詳しいことは知らないだろう。「それは山影さんが人事課に確認してください」で終わりそうである。千条は非常識ではないが、服務に関しての知識はゼロに決まっている。

そのうえ陽乃はこの職場での前例を知らなかった。下手に動いて無駄に波風を立て、ナオに不利な条件で話が進んでしまったら困る。

どうすればいいんだろう――。

少しの間考えを巡らせていた陽乃は、くるりと椅子をまわし、ナオに向きなおった。

「辻さん。私にはどうにもできそうにないので、五十嵐《いがらし》さんに相談してもいいでしょうか」

また佐和頼み。けれど、今の自分にできることは、他人に頼ることだと判断した。

「力不足で申し訳ありません」

ナオは微笑《ほほえ》んで首を横に振る。

「気にしないでよ。本当は真っ先にボスの千条先生に言うべきなんだろうけど、あんなでしょ。だからまずラボ秘書の山影さんに言っておこうと思って」

秘書として、やっと信用してもらえるようになった。そう思うと嬉しかった。

とはいえ、今のところ陽乃はなにもしていない。学校のウェブページを調べただけである。その時、ふいにひらめいた。

「波田《なみた》先生にも話を聞いていただくのはどうでしょうか。同じ女性研究者だし、なにか力になってくれるかも」

佐和が担当している波田妃呂子《ひろこ》教授の研究室は、この研究所で一番多くのポスドクと院生を抱えた大所帯だった。

五十代の波田は小柄で福々しく、いわゆる肝っ玉母さんの雰囲気があった。けれど実際には子供はいないと聞いている。夫は同じく研究者をしていて目下別居中。仲たがいをしたわけではなく、夫はロンドンの大学に赴任しているのだそうだ。

ナオは不安そうだった。

「……いいのかな。忙しいだろうし、迷惑かも」

陽乃はまだあまり波田と話をしたことはないが、佐和から聞いている波田の人柄から考えるに、快《こころよ》く話に耳を傾けてくれそうな気がする。

「きっと大丈夫ですよ」

「でも、波田先生、子供いない人でしょ。冷たいこと言われたら、私、立ち直れないんだけど」

そうか、そこには思い至らなかった。

同じ女性、同じ研究者だからといって、必ずしも味方になってくれるとは限らない。たとえば陽乃は、この仕事を紹介してくれた徳田《とくだ》ゆいかをうらやましく思うことがあった。子育てと仕事を両立させているからだ。自分にないものを持っている人に対しての嫉妬《しっと》。

それから下に見られるのではないかという不安。

ナオは、それらをぶつけられるのが嫌なのだ。誰だって、そんなの嫌である。

それでも。

「私は、波田先生は味方になってくれると思います」

根拠は一つもなかった。野生の勘。

私の野生の勘だって、きっと当たる。陽乃はそう思った。

さっそく隣の波田研究室に向かう。

ノックをすると、手前の席で封筒に書類を詰めていた佐和が気付いて手招きした。窓際の席には波田もいる。陽乃たちは静かに中へ入り、こそこそと打ち明ける。

事情を聞いた佐和は、目を丸くして両手で口を覆《おお》った。

「やっぱり。そうなんじゃないかと思ってたのよ。私の上の子の時と様子が似てたから」

ナオの肩をたたき「おめでとう」と声をかける。

そうだった。こういう時はおめでとうと言うべきなのに、陽乃は自分のことでいっぱいいっぱいになってしまって、祝福の言葉も出てこなかった。

今さらながら佐和の陰《かげ》に立ち、こわごわと「おめでとうございます」とささやく。すると、奥の机でパソコンとにらめっこしていた波田が、こちらを見てにやりとした。

「聞こえちゃった。おめでとう！」

ナオは嬉しそうに頬《ほお》をゆるめて、軽くお辞儀をした。

「ありがとうございます。お時間ある時でいいんで、波田先生にご相談させていただけますか」

波田はさっと立ち上がり、こちらへ歩いてくる。

「なに言ってんの、今ぜんぜん時間あるってば！　まあ、座って座って！」

陽乃たちは椅子を輪にして座り、佐和が手際よく用意したあたたかい麦茶をすする。まろやかでとても優しい味だった。お茶菓子は福島銘菓の「ままどおる」。研究所には出張に行った研究者たちが買ってくるお土産《みやげ》が、どこかしらに潜んでいる。

波田は背もたれに体をあずけ、手に持ったペンをぴょんぴょんと振った。

「文系の研究室には今まで何人もいたし、工学研究科のほうにもいたよ。あっちの先生、誰かつかまえて訊《き》いてみてあげる。辻さんは任期三年だったよね」

ナオが険しい表情でうなずく。

「今、二年目です」

任期付きの雇用の場合、一年目と最終年度は育児休業が取れない。規定どおりの産前・産後休暇を取り、それ以上休みたい場合は、残っている有給休暇でまかなうか欠勤するしかないそうだ。

ナオは二年目だから、育児休業を取る資格はあった。

「予定日は今年度中だけど……。でも育休は取る気ないです。産前もギリギリまで働きたい」

佐和がナオのひざにそっと手を置く。

「今はそう思ってるかもしれないけど、考えが変わったら遠慮なく休んでいいのよ。出産って、自分が思うようにいかないものだから。まあ、産んでからもなんだけど。やつらは親の言うことなんてぜんぜん聞いてくれないからね」

この中でただ一人出産の経験がある佐和が言うと、説得力があった。

「辻さん、科研費持ってたよね？」

と、波田が立ち上がり、書棚から「科研費ハンドブック」を持ってくる。

「一つ持ってます」

「じゃあ、これもやらなくちゃだね。科研費中断の手続き」

科研費は、届けを出せば、出産や病気で一時中断して、そのあと再開することができるのだ。

「……私、クビにはならないですよね？　研究続けられますよね？」

「もちろんよ。脳研だってよき前例はたくさん作っていかないとね！」

ナオの表情が見る見るゆがんでいく。そして肩を震わせて涙をこぼしはじめた。

あんなにつっけんどんで怖かったナオが、まさか泣くなんて思っていなかった。陽乃はおろおろして、佐和の机の上にあったティッシュを箱ごと手渡した。ナオはそれを受け取り、一枚引き抜いて涙をぬぐった。

「うちは……だんなも今、任期付きの研究職で……任期なしのパーマネントのポジション取るために頑張ってるけど……こんな時に妊娠して計画性がないって、人に……人に言われたらそれまでだけど……でも私もう三十一だから……」

ナオは、ところどころ喉《のど》を詰まらせる。

「計画なんてしなくていいんだよ。そんなこと考えてたら、あっという間に一生が終わっちゃうわよ？」

佐和がそう言うと、波田が「そうそう」と相づちを打った。

「……せ……先輩で……ポスドク時代に子供ができて解雇された人がいたんですよ。先輩は、実績を出せてない自分が悪いんだって自分を責めていて。その頃の私は先輩の気持ちがわからなかったけど、今はすごくわかる。先輩はすごく不安だったんですね……」

一度おさまったナオの嗚咽《おえつ》が、また激しくなった。

「仕事のパフォーマンスやモチベーションが落ちたらどうしようとか、保育園だって見つかるかわかんないし……実家は今遠いし……それに私こんな性格だし、母親になってもうまくやれないんじゃないかとか……思うと……全部を中途半端にしてるだけじゃないかって……不安で……」

またわあっと泣き出し、佐和がなだめる。

「うまくやれてる母親なんてこの世に一人もいないわよ。それに、うまくやる必要もないの。助けてって言えばけっこう誰かが助けてくれる。だんなさん、協力的？」

「……うん……はい……なんでもやってくれます」

「Y大の小林《こばやし》研にいる辻くんでしょ。あいつマメだもんね」

波田がそう言うと、佐和がうなずいた。

「あー、それわかります。普通に家事こなしそうだし」

「今どきの男の子って感じするよね」

「しますねー」

この二人はよく息が合っているんだなと、陽乃は思った。

二人のかけあいを聞いているうちに、ナオもだんだん落ち着いてきたようだった。鼻水をすすりながら顔を上げる。目も鼻も真っ赤だ。

「休暇も取りたい、お母さんにもなりたい、研究も続けたいって思う私は、わがままなんですかね」

波田が、「んなこたーないよ」とナオの手からティッシュの箱を取り上げ、代わりに袋に入った「ままどおる」を一個置いた。

「欲しいものは全力で取りに行けばいいのよ。ガーンと取りに行くの。私は片方を諦《あきら》めちゃったけど、そんなの大昔の話。今はもうそんな時代じゃない。使える権利はみんな使わなくちゃ」

ナオが赤くなった目をこすりながら、無言で何度もうなずいた。

「もし学内の誰かが辻さんに不利になるような判断を押しつけてきたら、その時はもう一度来なさい」

「はい。ありがとうございます」

波田が立ち上がり、腕組みをして陽乃たちを見据える。

「研究者にはね、根回し力も必要なの。正面突破だけじゃ続けていかれないよ」

かっこいい。エリック様みたい。陽乃には小柄な波田が、オクタゴンの中でファイティングポーズをとる格闘家のように、たくましく見えた。

「それからボスである千条先生が無理なことを言った時も――」

「大丈夫です、言わないと思います」

陽乃が言い切ったので、その場にいる三人は驚いたようだった。揃《そろ》って陽乃を見つめる。

「……すみません。口をはさんで。でも千条先生はそういうことを言わないと思うんです。絶対にいい方向に考えてくれると思います」

「あら。ずいぶん信頼してるじゃない」

波田が面白がるように目を細めた。

「はい。変わってますけど、信頼できる方だと思っています」

これはイメジーアップ戦略ではなく、陽乃が本当に感じていることだった。

その日の夕方、ナオは千条のところにやってきた。赤かった目はもう元どおりになっていた。陽乃も同席する。文字どおり、ただ彼女の隣に座っていただけだったが。

ミーティングテーブルをはさんで、ナオたちと千条が向き合う。

昼間話し合ったような内容を、ナオが一息で報告をすると、千条はテーブルにまるで三つ指をつくように両手をつき、軽く頭を下げた。

「おめでとうございます」

ナオは一瞬ぎょっとしたあと、同じように両手をついて頭を下げる。

「ありがとうございます」

なんだろうこれは。流行《はや》っているのかな。よくわからないが、陽乃もつられて同じ動作をする。

千条は顔を上げ、ずり落ちた眼鏡を指で元の位置に戻した。

「で、お子さんが生まれたあと、辻さんは研究をやめたいのですか」

「えっ、なに言ってるんですか。そんなことひとっことも言ってないですよ。やめたくないですよ！」

ナオが声を荒らげた。

「そうですか。それはよかったです」

千条が真顔でうなずくと、ナオはあきれたようにため息をついた。

「私、また戻れるんですよね？」

「はい。あなたは独自のアイデアを持っているし、あなたの研究は意義がある。それにまだまだ協力してもらいたいことがあります。なにか不都合ありますか」

ナオは唇をきゅっと噛《か》んで、まっすぐ前を見た。

「ありません」

「倫《りん》も祝福していると思います」

ナオが目を見開いた。やがてその目からぽろりと涙が落ち、ポケットから出したハンカチで目元を強く押さえてうつむく。三十秒ほどそうしたあと、ナオは顔を上げた。

「……気付いてたんですね」

「はい。履歴書を拝見した時に。倫からあなたの名前をよく聞いていましたので。『ナオスケ』さんですね」

「そうです。倫の友人の『ナオスケ』です。私、倫とけんかしたままだったんですよ。大学に入ってすぐ、些細《ささい》なことで。私が悪かったのに、謝ってないんです」

「それは知らなかった」

陽乃は黙って二人の話に耳を傾けていた。

ナオと倫の間になにがあったのかはうかがい知れなかった。とはいえ、友達とのけんか別れが泣くほどのことだろうか。今からでも会って謝ればいいのに――ナオの発した次のひとことを聞くまで、陽乃はそう思っていた。

「私、倫のお墓参りにも行けてない」

震えるナオの声を聞き、陽乃は後頭部を殴られたような衝撃を受けた。心臓がぎゅっと潰《つぶ》されたように痛くなった。いろいろなことが腑《ふ》に落ちた。

ナオは長い間、けんかしたまま二度と会えなくなってしまった友達のことを考えて、苦しい時間を過ごしてきたのだ。陽乃が働きはじめた当初、冷たくあたっていたのは、体調のことだけではなかったのかもしれない。ナオは「山影さん、倫にちょっと似てる」と言っていた。倫を思い出させる陽乃は、いやでもナオに突きつける。もう倫に謝るチャンスはないということを。

そして。

――死んだ人間は幽霊になって出てきたりなどしません。いるなら会ってみたいものです。

千条は妹のことを言っていたに違いなかった。

「そんなことはないです」

「先生は倫の話、したくないのかと思ってた」

千条が仏頂面《ぶっちょうづら》のまま静かにそう言うと、ナオがようやく頬をゆるませた。

「ありがとうございます。落ち着いたらお墓参りに行きます」

「なぜ僕がお礼を言われるのかわかりません。以上です」

立ち上がったナオはもう泣いていなかった。一礼をして、晴れ晴れとした表情で廊下に出ていく。陽乃も追いかけて研究室を出た。

「辻さん！」

ナオが振り向く。

「知らなかったです。先生の妹さん――」

「そうなんだ……病気でね。私、こんなだから倫に一方的にイラついてさ。『そんなふうに自信ないなんて、あんたは医者に向いてないんじゃないの』って暴言吐いたまま。倫を傷つけたまま。ひどいよね」

かける言葉が見つからない陽乃は、ただ首を横に振る。

「このラボに入った時に、真っ先に先生には言うつもりだったんだ。そんなこと簡単にできると思ってたのに、いざ話そうとすると怖くて――」

簡単じゃなかったとナオは寂しそうな表情を浮かべた。言いだせないままずるずると一年以上過ごしてしまった、その間ずっと嘘《うそ》をついているようで苦しかった、弱い自分が情けなかったと。

「でも、びっくりした。先生、私のこと気付いてないと思ってたから。最初からわかってたんじゃん」

ナオは愛《いと》おしそうにお腹に両手を置いた。

「高柳《たかやなぎ》にも言っといたほうがいいよなあ」

「言っておきましょうか」

「いい。自分で言うよ」

そして大部屋に向かいかけたところで、くるりと振り返った。

「今日はありがとね。みっともないところ見せたし、仕事、邪魔したし」

ナオは陽乃から少し視線を逸《そ》らした。大泣きしてしまってばつが悪いのだろう。陽乃だって、あれほど泣く姿を見られたら恥ずかしく思うに決まっている。

どう答えれば少しでも気を楽にしてもらえるのかわからず、前に出した両手をぶんぶんと振って答えた。

「めっそうもないです。邪魔されてないです。ぜんぜんないです」

「あとさ、千条先生って、研究者としてはものすごく尊敬してるんだけど、それ以外は、なんていうか——」

ナオは、ぴったりの単語を探すように斜め上を見たあと、目じりにしわを寄せて笑った。

「——ぽんこつだよね。いい意味で」

「いい意味で、ですか」

「うん。いい意味で」

ナオの言うとおりだと思い、陽乃もくすくす笑い出してしまった。千条はいつでも予測不能だ。いったいなにを考えているのか、なにを言いだすのかわからない。

ナオは肩の荷が下りたように穏やかに微笑み、大部屋に消えていった。

陽乃が研究室に戻ると、千条はミーティングテーブルにまだいて、科研費ハンドブックをめくっていた。

「なるほど。僕は出産をしたことがなかったので、この制度を気に留めたことがありませんでした」

「でしょうね」

「十六週……。胎齢《たいれい》十六週あたりでヒトの脳容積は三四ccほどだったから、十四週だと……」

ひとりごとを言う千条を、陽乃は見つめる。踏み込んでいい場所とそうでない場所を見極めるのは、いつだって難しい。陽乃は、千条の妹のことについては踏み込まないことに決めた。

「人間の脳みそは、何ccなんでしょう」

「成人ですか？　成人は平均すればおよそ一四〇〇ccです」

「そうですか」

ちっともピンとこないが、回答が返ってきたことに満足して、陽乃は机の前に座る。

千条もサンクチュアリにひっこんだ。

研究室はすっかり平常運転に戻った。

◆

ナオの件がソフトランディングした、その週末の土曜日。

梅雨はまだまだ終わる気配がなく、その日は台風のような突風と雨粒が、窓の外で踊っていた。幸いにも陽乃には外出する用事がなかった。また週末を一人きりでひきこもることになるが、特に寂しいとも思わなかった。

いつもの時間に起きる。ゆるいTシャツとウエストがゴムのスカートを着る。ファンデは塗らないが、日焼け止めはしっかり塗る。コンタクトレンズではなく眼鏡を装着。

洗濯をする。光里のぶんもまとめてする。この家には乾燥機がないから、雨の日は洗濯物を部屋干しするしかない。早く乾くように部屋のエアコンをドライにして、扇風機の風をあてる。もちろん洗剤も部屋干し用。

そして、昼間からビールとエリック様。

二十七歳の女にしては地味すぎるが、これが今の陽乃にとっては、このうえなく幸せな時間の過ごし方だった。

スマートフォンを手にしてSNSをチェックする。

フェイスブックもインスタグラムも、陽乃はほとんど書かず、ツイッターは完全にRO

Mだけ。世界に向けて発信することなんて、彼女にはやっぱりなに一つない。

フォローしている格闘技好きの人のツイートがバズっていた。飼い猫がひどいポーズとひどい顔をして寝ている画像に「九尾《きゅうび》？」とコメントがつけてある。たしかに尻尾《しっぽ》が何本にも分かれているように見える、不思議な写真だった。

昨日、陽乃のタイムラインにこのツイートが流れてきた時には、まだ百リツイートくらいだったのに、今見たら四千を超えていた。

リツイートがたくさんついたツイートは、お約束として「バズったら宣伝していいと聞いたので」と添えて、自分の作っている作品や自分が経営しているお店の写真を、リプライにのせることがある。そういうものがない人は、自分のペットや応援している俳優などをのせることもある。この人はエリック様の画像をのせ、「私が追い続けている、世界一いい男を見て！」と書いていた。

自分ならなにを書くだろう。

きっと、なにも書かない。その前に、リツイートが百もついた時点で、怖くなってツイート自体を消してしまうかもしれない。

「というかその前に、ツイートする気がない」

一人でつっこんで、ビールを一口飲む。

とても狭い世界で生きているという自覚があった。でも、その狭さが嫌いじゃない。ドラマティックな出来事なんて望んでいない。みんながみんな、バズったら嬉しいと思えるわけじゃない。狭苦しい箱の中のほうがくつろげる猫のように、周囲の壁に手が届くほどの狭い世界で、何事も起こらない日常を過ごすほうが幸せな人間もいる。

陽乃がそうだ。

「今日も平和だ……」

スマートフォンのメールアイコンに通知マークがついたので開いてみると、優斗《ゆうと》からだった。

ＳＮＳはブロックしたが、ウェブメールはあまり使っていなかったこともあり、着信拒否せずにそのままにしておいたのだ。

陽乃はスマートフォンをソファの上に放り投げ、正座をしてそれをじっと見つめた。メールの文面を読むのが怖かった。なにが書いてあっても困惑するに決まっている。

というわけで、ビールを一本飲み終わってから読むことにした。三五〇ミリリットルのビールは、陽乃にとっては秒殺できる量である。うっかり秒殺してしまった。

覚悟を決めてメールを開く。

このあいだは簡単な説明だけで申し訳なかった、一度直接会って話したい、ついては彼女を一緒に連れていきたい、誠実に謝りたい、きっとわかってもらえるはずだ――そんな内容が、ビジネスメールのような堅苦しい文章で書かれていた。さらに、日付と時間と店の指定もある。

　三日後の火曜日だ。

「嘘でしょ……」

　たぶん嘘じゃない。大真面目《おおまじめ》にこれを書いているはずだ、優斗は。

　妊娠した彼女と一緒に会って、なにを弁明するつもりなのだろう。自分の正当性？　陽乃の至らなさ？　どっちにしろ、謝りたいなんて自分に酔ってるだけだ。

　この人、こんな人だったっけ、と陽乃は首をかしげた。

　たぶんずっと、こういうひとりよがりの人だったのだろう。陽乃が見ないようにしていただけで、いいほうに解釈していただけで、ずっとおかしな人だったのだ。

「だいたい、そういう会合を火曜日に開くってなんで？　せめて金曜にしてほしい」

　二本目のビールを飲み終えながら、陽乃はソファの背もたれをパンチした。パンチを繰り出す動作はなかなか気持ちがいい。次に格闘技を習うならボクシングにしよう。打撃系よ、打撃系。

　我に返って自分の部屋に行き、クローゼットの扉を開く。

　扉の内側には、エリック様のポスターが貼ってある。

　背景は深い黒。屈強なマッスルボディを見せつけるように腕を組んでいる、エリック・サン＝ジョルジュ。戦いを勝ち抜くため、ハードなトレーニングと実戦で身につけた筋肉。

それは無駄がなくて美しい。そして、こんなにいかついボディなのに、優しげな下がり眉の笑顔――。

「エリック様。私はどうしたらいいのでしょう」

当然のことながらエリック様は、なにも答えてはくれない。

ポスターの中で微笑んでいるだけである。

◆

陽乃の頭の中には小さな自分がいて、三つのレバーの前で右往左往していた。

一つめは「行くと返事をして行く」レバー。

二つめは「行かないと返事をして行かない」レバー。

三つめは「返事をしないで行きもしない」レバー。

初めは「行くと返事をして行かない」レバーもあったが、いつの間にか消えていた。というわけでレバーは三つ。どのレバーを下げればいいのか――。

そんな心境で火曜日を迎え、結局、メールには返事をしないまま当日になってしまった。

よりによって、今日は仕事があまり忙しくない。電話はまだ一度も鳴っていなかった。

メールも研究協力課からの一本だけだ。だからこうして、ぼうっとレバーのことなんて考えてしまう。

千条は朝からサンクチュアリにこもりきりだ。

今日のTシャツは胸に「ＹＭＣＡ」の大きなロゴが入っていた。ああいうダサTシャツを、いったいどこで買ってくるのだろう。

本日の千条の行動予定は、十五時からY医科大学のセミナーに出席。あまり行きたくないようなことを朝にぼやいていたが、お偉い先生からのお誘いである手前、出席しないわけにはいかないそうだ。

「僕とてそのくらいの社会性は持っています。社会性のない研究者は潰されますから、必要な時には媚《こ》びへつらい、人におもねることさえいとわない」

きりりとかっこつけて言っていたけれど、ダサTシャツのせいで説得力が半減していた。

そして、

「これから集中して考えごとをするので、邪魔しないでください」

と言い残し、サンクチュアリにこもってしまった。

「わかりました」

陽乃も慣れてきた。邪魔されたくないから「邪魔しないでください」と言っただけで、他意はないのである。

邪魔しないようにとおとなしくパソコンのディスプレイを見つめる。作らなければいけない書類は珍しく一つもないし、メールも来ない。

そして再びレバーのことを考える。静かに部屋の掃除をする。構内便の確認をするために一階に下りていく。またレバーのことを考える――。

そのうちに、陽乃の怒りもだんだんおさまってきた。もしかしたら優斗は、自分の罪に気付き、過《あやま》ちを悔いて、心の底から謝ろうとしているんじゃないかな、とも思えてきた。


昼休みが過ぎ、ヤクザスーツに着替えた千条を送り出して、ほっと一息つく。

今日は静かだな。静かすぎる。

嵐の前の静けさ、というフレーズがぽんと浮かんできたその時、机の上に置いておいたスマートフォンが、ブーッ、ブーッと振動した。

「……優斗」

その番号を見つめて、しばらく陽乃はためらった。いつもであれば仕事中に私用電話は取らないが、今日は誰もいないし作業もない。それにしても、相手が仕事中だとわかっていて電話をしてくるほど、優斗は非常識な人だっただろうか。

怯《おび》えながらスマートフォンを手に取り、通話ボタンをタッチする。

「はい」

いつになく低い声が出て、自分で驚いた。

『仕事中にごめん。返信がなかったから電話してしまったんだけど、今日、来られるよね』

陽乃に話す隙《すき》を与えたくないのか、優斗はせわしなくたたみかける。

『少しの時間でいいから、話がしたい。一時間、いや三十分でいい。このままの気まずい気持ちで終わりたくないんだ。食事をしながらほんの少し話ができればいいんだよ。場所だって普通の居酒屋だよ。もちろん個室じゃない。安全だろ？　気軽に来てほしいんだ』

薄っぺらいスマートフォンの向こう側が、しんと静まり返った。一瞬、通話が切れてしまったのかと思った。

『お願いします』

打ちひしがれた、弱々しくかすれた声。陽乃はいつもこの甘えた声に負けてしまう。

心の半分では、これは相手の巧妙な作戦かもしれないと疑いつつも、もう半分では、かわいそうだと同情してしまう。話を聞くくらいなら問題ないかもしれない。自分のほうも、気持ちの整理ができるんじゃないだろうか。

「……わかった」

言ってしまった。

『ありがとう。陽乃ならそう言ってくれると思ってたんだ』

「お店には行くけど、三十分で帰るから」

『かまわないよ。本当にありがとう。待ってる』

通話を終えて、短いため息をつく。すると、ドアのほうから声がした。

「なになに？　修羅場？」

肩をすくめて振り返ると、圭《けい》がドアを半分開けてこちらをのぞいていた。

「いつからそこにいました⁉」

飛び上がるように立ち、とっさにスマートフォンを体のうしろに隠す。

「ごめんて。ノックしても出てこないからドア開けてみたらさ、『三十分で帰るからっ！』なんていう物騒な会話聞いちゃったもんで。だいぶ怒ってますね？」

「そんなことありま……す」

怒っている。優斗にも怒っているし、断りきれなかった自分にも怒っていた。

「なんか困りごと？」

「困っていないわけでは……ないですが……」

うまく答えられず視線を泳がせていたところに、ナオが通りかかる。手には実験用電極のカタログを持っていた。実験室に行く途中なのだろう。

「高柳。あんた、なに山影さんの仕事の邪魔してんの」

「邪魔してないっすよ。陽乃さんが困ってるみたいだからさ」

「あんたが困らせてるんじゃなく？」

ナオが陽乃たちを交互に見たので、慌てて手を振って否定する。

「いえいえ、高柳さんはべつになにも……」

困らせているのは、元カレです。そう言えれば、いくらか気持ちは楽になるのに。途方に暮れ、ついつい目を細めて遠くを見つめてしまった。チベスナ顔。陽乃はおずおずと口を開いた。

「実はですね、ふられた彼から、会って謝りたいと電話が来たんです――」

ゴールデンウィークに別れたいと電話が来たんです。理由は彼女が妊娠したからだそうです。その彼女と一緒に謝りたいそうなんです。LINE《ライン》の返信をしなかったら、電話が来たんです。

自分で言っていて、ぞぞぞと寒気がしてきた。これって、なかなかに理不尽なのではないだろうか。

「マジすか！　やばくないすか！」

圭は興奮して半笑いだ。ナオが、深い二重の瞳をぎょろつかせた。

「だめだめ、行ってどうする。目を覚ませ。気持ちの整理ができると思ったら大間違いだよ。山影さんみたいな人は、相手にうまく丸めこまれて終わるに決まってる。ダメンズに振り回されるタイプ」

「……ですよね」

図星で反論の余地もない。苦笑いしか出てこなかった。

「もしかして、前に倒れたっていうのは、ふられたストレスが原因とか？」

ナオに問いかけられてうろたえる。悲しくて情けなくて、ストレスではあったかもしれないが、不思議なことに寂しくはない。普通は恋人にふられたら、会えなくなることが寂しいと感じるんじゃないだろうか。

「倒れたって、なにそれ？」

圭が食いついてくるので簡単に説明した。すると、

「千条先生が白衣かけてくれたってさ……ありえねえ。めんどくさくなってソッコーで救急車呼びそうなのに」

いつかの佐和みたいなことを言いだした。

「そんなことないですよ、ちゃんと介抱《かいほう》してくれましたよ。それから吊《つ》り橋の話を教えてくれました。私が彼と会った時、走って心拍数が上がっていたので、それを恋愛の興奮と勘違いしたんだろうって――」

あの話のせいで、陽乃は柄にもなく他人に対してキレてしまったのだ。しかもその相手がこともあろうに上司である千条だったわけだが、キレたおかげで冷静になれたような気もしていた。

冷静になったはいいが、そのあと二カ月間逃げていた。そのまま逃げ続けたかった。いつから二股《ふたまた》をかけていたのかなんて聞き出しても、いいことは一つもない。数カ月の間、

なにも知らずにのほほんと過ごしていた自分を呪いたくなるだけ。優斗に対する怒りが増幅するだけだ。

けれど陽乃はその怒りをうまく表せない。会って話をしたところで、ナオの言うとおり、うまく丸めこまれて終わってしまう気がする。

それなのに、また自分から泥沼に飛び込もうとしている。ばかみたいだ。

「――私は最初から彼のことなんて好きじゃなかったんだと、先生はそうおっしゃっていました。人間の脳みそって不思議なんですね」

ところがナオは「ふうん」と、なぜか怪訝《けげん》そうだった。

「千条先生らしからぬ発言。だよね、高柳」

「そっすね」

二人はなにやらうなずき合っている。

「もしかして先生、その時こんなふうにやってなかった？」

そう言うと、ナオは額《ひたい》を押さえるように左右のこめかみを親指と人差し指で押さえて、ううとうめいた。

「あ、やってました。あと、『心理学は専門外』みたいなことを言っていましたが……」

「やっぱり。意に反してエセ脳科学みたいなことを言ってしまった時に、先生はそうなる」

ナオと圭によれば、こういうことだった。

たとえば、吊り橋実験。

本やインターネットには、この実験を「恋愛テクニック」として紹介する記事がたくさんある。それらの多くは、「気になる相手をデートに誘い、一緒に吊り橋を渡ったり絶叫マシンに乗ったりしてドキドキさせれば相手を落とせます」といった内容だったりする。

でも、吊り橋実験に関する論文には、そんなことはひとことも書いていない。「恐怖によって体にあらわれた変化と、恋愛の高揚によって体にあらわれた変化を、脳は判断できずに取り違えるのではないかという仮説を、実験により証明した」だけなのだ。

しかも、インタビュアーの女性に電話をかけてきた男性は、十八人中九人。たったの半分だ。恋がかなうとしても、確率は半分しかない。「意中の相手を落とせます」なんて胸を張って言えるほど成功率の高いものではないのである。

それに、橋で男性にインタビューをした女性は、とても美人だったのだ。べつの研究者が平均的な容姿の人をインタビュアーにして実験したところ、電話をかけてきた男性の割合はむしろ減ってしまった。ほらやっぱり美人でないと成功しないじゃないの、とつっこみたくなる結果である。

さらに、とあるテレビ局で男女を逆転させて同じような実験を行ったら、女性は吊り橋を渡ったあとに出会った男性を、特別好意的にはとらえなかった。「女性は恐怖や緊張でドキドキしても、それが男性に対するドキドキだとはあまり取り違えない」とも言える。

「今の説明でもだいぶ端折《はしょ》ってるの。科学研究っていりくんでるから、都合のいい部分だけピックアップして伝えられがちで、研究者はそれが心底いやなんだ。地道に実験して出した研究結果が、変にねじまがって伝わるのを嫌ってる。たとえそれがわかりやすくても」

千条の吊り橋実験の説明は、嘘ではなかったが、足りなかった部分があったということである。

「どうしてこめかみを押さえてうなってまで、先生はそんな話をしたんでしょう」

専門用語も脳のことも、なにも知らない陽乃が相手だったから、なるべく簡単に説明しようとして、大切な要素がいろいろと抜け落ちてしまったのかもしれない。千条に意に反したことをさせてしまったのは、そもそも自分だ。そう考えるととても申し訳ない気持ちになる。

するとが圭がけろりとした顔で言う。

「そりゃあもちろん、多少間違ってても陽乃さんを励ましたかったからでしょ」

そんな気遣いをさせてしまったなんて、ますます心苦しい。気遣いには縁遠そうな人なのに。

「悪いことをしてしまいました。謝らないと」

「いや、そこは謝るんじゃなくて、ありがとうって言っとけばいいんじゃね？」

圭の言葉に、陽乃ははっとした。

またやってしまった。ネガティブ思考。迷惑をかけたととらえて謝るよりも、助けてくれたと思って感謝するほうが、きっと物事はうまくいく。

「つーか俺、めっちゃいいアイデアひらめいた！」

突然、隣で大声を出されたナオは、うっとうしそうに耳を塞ぐ。

「なんなの、急に」

「その飲み会に俺がついてくっての、どう？　相手が二人なら、こっちも援軍連れてったって文句は言えないっしょ。俺のことは新しい彼氏とか、てきとうにごまかせばいいし」

「なに言ってるんだよ、高柳」

ナオが手に持っていた実験用電極のカタログで、圭の腕をぱしんとたたいた。たたかれた本人は楽しそうに「やめて、やめて」とはしゃいでいる。

誰か他の人を連れていくなんて、考えもしなかった。

圭にしてみれば、それはただのでたらめな思いつきだったのかもしれない。しかし陽乃には、そのアイデアがとても魅力的に思えた。

一人で行きたくない。誰かが一緒なら、言いたいことを言えるかもしれない。

「高柳さん、お願いしたいです！　一緒に来てください！」

そう叫ぶと、二人は目を丸くして陽乃を見つめた。

ご迷惑でなかったら、と言いかけてぐっと抑える。そんな口先ばかりの常套句《じょうとうく》を、今は言ってはいけないと思った。

なぜなら迷惑をかけてでも、誰かに助けてほしいからだ。

◆

圭とはＬＩＮＥで連絡先を交換した。

場所は渋谷《しぶや》だった。優斗が店に来てほしいと指定したのは夜八時だったから、定時で脳研を出ると時間がある。陽乃は圭を残して先に仕事をあがり、外に出た。

雨はやんでいるが、濡れたアスファルトとじっとり湿った空気が気分を重くする。

途中で目に留まった十分カットのヘアサロンにふらりと入った。客は一人もいない。両耳にピアスをたくさんつけた男性店員はなかなか陽乃に気付かなかった。またしても存在感の薄さを発揮してしまった。

「すみません」

店員が振り返り、「いらっしゃいませ」と愛想よく迎える。

「前髪だけ切ってください」

どうぞ、と案内された椅子に座り、陽乃は鏡に映る自分の姿を見つめた。自分の意思でなにかを変えたいと思ったのだった。流されて変わるのではなく、自分で変えたい。

三分後には、陽乃の前髪は眉毛が丸出しになるくらいの長さまで、短く整えられた。

この前髪で、これから戦いに挑むのだ。


圭と待ち合わせをしたモヤイ像前には、約束の十分前に着いた。

肩からかけたバッグを胸元に寄せてぎゅっと抱きしめ、このあとの行動をシミュレーションする。

優斗たちは先に店に入っているはず。陽乃たちはあとから座り、例の彼女に自己紹介をする。

山影陽乃といいます。伊那川《いながわ》優斗さんの……なんて言えばいいんだろう……元恋人です、でいいのかな。

それからこの人は私の彼氏です。高柳圭さん。大学院生です。

あれ、大学院生なんて言わないほうがいい？　まるであてつけに、見境なく手近な男に手を出したように見えるかもしれない。まあ、そう思われてもいいか――。

バッグに入れていたスマートフォンが振動し、慌てて取り出す。圭からのＬＩＮＥだ。

とぼけ顔の猫のキャラクターが土下座をしているスタンプが送られてきていた。続いてメッセージ。

『ごめん！　行けなくなった！』

「まじか！」

思わず叫んでしまった。すぐにつぎのメッセージが送られてくる。

『俺の代わりに傭兵《ようへい》を送り込んだ！　武運を祈る！』

わけがわからない。なんなの、高柳。陽乃は心の中で、ナオさながらに彼を雑に扱う。

意を決して助けてほしいとお願いしたのに、この仕打ちはなんなの、高柳。武運を祈るって、なんなのよ、高柳。冗談じゃない。頭にくる。

「しかも傭兵って……なんなのよ……」

スマートフォンを見つめたまま呆然《ぼうぜん》と立ちつくしていると、突然声をかけられた。

「山影さん」

来たのか、高柳！　よかった来てくれて！

安堵《あんど》に頬をゆるませて、ぱっと振り向く。

「十九時五十七分。二分遅れました」

千条だった。

「なんで？」

陽乃はぽかんと見上げた。一張羅《いっちょうら》のダークスーツを着て髪をなでつけた、インテリヤクザのようないでたち。今日は眼鏡を忘れなかったから眉間《みけん》にしわを寄せてはいないが、それでも十分に人相は悪い。ふだんの千条を知らない人には、陽乃は「ヤバい男に言いがかりをつけられている女性」に映るだろう。現に今通り過ぎた中年女性は、心配そうにこちらを気にしていた。

千条は仏頂面で答える。

「高柳くんから連絡をもらいました。山影さんが焼き鳥をふるまってくれると聞いたもので」

焼き鳥？　そんな話は一つもしていない。陽乃の脳は軽く混乱した。

「セミナーは……」

「とっくに終わりました。お偉い先生方に媚《こび》を売ってきました。店はどこですか」

千条は勝手に歩き出すが、目的地はまるで反対方向である。

「そっちじゃありません。向こう」

「そうですか」

千条はうなずいて、陽乃の横を黙って歩く。圭はどこまで事情を話したのだろう。まさかなにも知らずにここに来たわけでは——いや、ありえる。

もしかしてこれは、と陽乃は考えた。私、高柳さんと千条先生の復讐《ふくしゅう》合戦に巻き込まれてる？

「高柳さんからお聞きではないかもしれませんが、私はこれから、私をふった元彼氏に会うんです」

「はい」

「しかもその彼は、妊娠したという女性を連れてきます。私に謝罪したいそうです」

「なるほど」

「一人で行きたくないので、高柳さんに一緒に来てほしいとお願いしたんですけど……こんなことになりました。焼き鳥は用件が済んだあとでよろしいでしょうか」

「かまいません」

話しながら雑踏の中を歩くうちに、殺し屋にこれから赴《おもむ》く先での任務を説明しているような気分になってきた。

やがて陽乃たちは、指定された店の入っているビルに着いた。五階にある、適度に落ち着いた雰囲気の居酒屋。軽めのジャズが店内に流れる隠れ家的な――とレストラン予約サイトに書いてあるお店だ。一度、優斗と来たことがあった。残念ながら、ここには美味《おい》しい焼き鳥はなかったと記憶している。

エレベーターを待ちながら、陽乃はまたシミュレーションを始めた。山影陽乃といいます。伊那川優斗さんの元恋人です。それからこの人は――この人は――

「先生。弁護士のふりをしていただけませんか」

突然ひらめいてしまった。脳みそが、ようやく動きだした。

ドアが開いたエレベーターに乗り、五階のボタンを押す。陽乃は変わっていく階数表示を見上げた。

「先生はなにも言わなくていいですから。ただ座っていてくだされば。それだけでいいので」

「わかりました」

ドアが再び開いて、エレベーターをおりた。

「いらっしゃいませ！」

威勢のいい男性店員に迎えられ、そこそこにぎわっている店内を案内されながら、陽乃の心臓は転げ出しそうなほどに拍動していた。

空調が効いているはずなのに、手のひらがじっとりと汗ばんでくる。

ふいに千条が立ち止まるのでそちらを見ると、バッグを足元に置き、なぜかジャケットの襟《えり》元をつまんでいじっていた。虫でもついていたのだろうか。大丈夫かな。などと人の心配をしていたら、陽乃の肩の力も心なしか抜けてくる。

「先生、どうしました？」

「なんでもありません」

千条はスラックスのポケットになにかを入れるように右手を突っ込み、左手でバッグを持って歩き出す。どこにいても、ブレずにマイペースである。

「お客様、こちらです」

店員の声に振り返ると、すぐ横のテーブルに見知った顔があった。

優斗だ。清潔なスーツ。きれいに磨かれた革靴。そしてオメガの腕時計。

彼は立ち上がり、薄笑いを浮かべて陽乃と千条を交互に見た。この表情はよく知っている。優斗は、困っていることを悟られないようにしている時に、こういう微妙な顔をするのだ。連れがいるなんて聞いていない、とでも訴えたいのだろう。しかも現れたのは、長身痩軀《そうく》であまり人相のよろしくない男。

もっと困ればいい。陽乃はにっこりと笑った。さっきまで緊張と恐怖で怯えきっていたのに、なぜかすっと肝が据わった。

顔をひきつらせた優斗が、陽乃の前髪をじっと見つめている。みっともないでしょ。どうぞ、なんとでも思ってよ。

彼と一緒に立ち上がった小柄な女性は――まず目に飛び込んだのは、お腹の大きさだ。ナオのお腹の比ではない。もっと大きく目立っていて、着ている花柄のワンピースが前にせり出している。

「忙しいところ、わざわざ来てくれてありがとう」

優斗がそう言うと、彼女が律儀に頭を下げる。陽乃も軽く会釈《えしゃく》した。和《なご》やかな雰囲気を演出しようとしているようだけれど、そんな手には乗るものか。

「こちら、僕の婚約者のナルトアヤ。歳《とし》は一つ下。見てのとおり、です。はは」

アヤはつつましやかに名前を名乗ると、張り出したお腹に両手を当てた。声が透き通っていて可愛《かわい》らしい。手首と指が細かった。そしてオメガの時計をつけている。

そうか、ペアだったのか。

次は陽乃が名乗る番だった。決戦会場のオクタゴンに入る番だ。

「はじめまして。山影陽乃と申します。伊那川優斗の元彼女です。それからこの人は――」

と、ここまで言いかけて、急きょ作戦を変更することにした。弁護士では警戒させてしまうだけだ。謝ってさえもくれなくなる可能性だってある。

「――友達です。さっき偶然会ったんです。気軽な食事会だって聞いたから、連れてきてしまいました。友達のことは気にしないで」

陽乃が笑うと、千条はぼそりと言った。

「高柳といいます」

高柳⁉

啞然《あぜん》とする陽乃を尻目に、千条はスラックスのポケットから右手を出し、彼らに握手を求めた。このテーブルで誰よりも背の高い千条は、妙なすごみがあった。

優斗とアヤが戸惑いながら握手をする。

「……とっ……とりあえず座りましょうか」

優斗が仕切り、陽乃たちがガタガタと椅子を鳴らして座る。

気まずい。

未来の新郎新婦は、店員を呼んで料理や飲み物をオーダーしている。

陽乃にはそんな余裕がない。口に入れたいものなんてなかった。ナマ中。そう、それ。もうそれでいいよ。ただただ早く帰りたいのだ。今はそれしか考えられない。話を終わらせてしまいたい。

だいたいこの人たちは、なにを話したいというのだろう。

「三十分で帰るつもりで来たんです」

陽乃がそう言った直後に店員が飲み物を持ってきたせいで、いっとき会話があやふやになった。店員さん、邪魔しないでと、心の中で訴える。さすがに乾杯を言いだす人はいなかった。それぞれグラスを持って、てんでばらばらに飲みはじめる。

陽乃は中ジョッキには手を出さずに切りだした。緊張で声が震えてしまう。

「謝罪ってなに？　なにをしたくて呼び出したの？」

優斗とアヤがお互いに顔を合わせてから、正面を向く。

「陽乃にはひとことも言わずにアヤと付き合いはじめたことは、心からすまないと思っている。申し訳ない」

二人して頭を下げる。

「でも、陽乃が俺にあまり興味を持てないでいることは、ずっと知ってたんだ。仕事や家族のことを訊いても詳しく話してくれないし、俺は陽乃の趣味だって、まともに教えてもらったことがない。会社を解雇された話も数日間知らされなかった」

陽乃はぎくりとした。思い当たる部分もある。誰かと結婚してしまえば風美子《ふみこ》がおとなしくなると考えていた。そういう陽乃の打算が無意識のうちににじみ出て、優斗はそれを感じ取っていたのかもしれない。

悲しくて情けないのに、寂しくはない――その理由がわかってしまった。陽乃もとっくに優斗への興味を失っていたのだ。一緒にいたのはただの執着。

だとしても謝りたくない。

気を抜くとこぼれそうになる「ごめんね」を、陽乃は封印した。

「なにも言わなかったのは、詳しく語るほどの家族でも仕事でもなかったからだよ。倒産と解雇のことは、私だって当日まで知らされなかった。しかも、その頃ちょうど優斗は出張だったよね――出張っていうのは嘘だったのかもしれないけど。とにかく忙しそうだったから、私の解雇ごときで邪魔をしたくなかったの！」

趣味のことは、一度蔑《さげす》まれたから口にするのをやめたのだ。

「私はいつから彼女じゃなくなってたのかな？　少なくとも私はついこの間まで――優斗

からあの電話をもらうまでは、優斗の彼女だと思ってたんだけど」

優斗は同情するように、やんわりとした微笑みを浮かべた。

これでは優斗はあくまで冷静な被害者で、陽乃はヒステリックな加害者のように見えてしまう。反論はしないで、黙っているべきだったのだろうか。

「陽乃の言い分もわかる。それにしたって、俺はずっと心の距離を感じてたよ。苦痛だった。陽乃からは愚痴《ぐち》一つ聞いたことがない。俺といる時のテンションも低かったし……。妹さんと一緒の時は楽しそうなのに。俺は必要のない存在なんだって、そう思ったんだよ」

なんて身勝手なことを言っているのだろう。まるで陽乃ばかりに落ち度があるような口ぶりだ。テンションが低いのはもともとそういう性格だからだし、かわいい妹と、付き合って三年しか経《た》っていない他人の優斗をくらべないでほしかった。

「そんな時に出会ったのがアヤなんだ」

なにその展開。通販番組かなんかなの？　あやうくそう言ってしまうところだった。

優斗とアヤは見つめ合い、テーブルの上で手と手を重ねた。

手首に光るのは、オメガのペアウォッチ。指輪ではないところが、なんとも芝居じみていた。陽乃に対する気遣いのつもりなのだろうか。

「順番は違ってしまったけど、俺たちはいずれこうなる運命だったんだと思うんだよ」

「あと三カ月で私たちの赤ちゃんも生まれるんです。どうか私たちのことを許してください。お願いします」

二人は瞳をきらきらと輝かせる。まるで自分たちにスポットライトが降り注いでいるかのように酔っていた。彼らにとって、陽乃は舞台の下の暗い観客席にいる一観客でしかないのだろう。陽乃はぽつんと座って、それはそれは素晴らしいお芝居――茶番劇を見せられているのだ。

茶番……こんなの茶番だ。

そう考えたら、とたんに冷静になった。

思い返せば、優斗は初めからこういう人間だったのである。

自分だって入社先を見誤ってブラック企業に就職したくせに、さも「自分から捨ててやった俺は偉い」みたいな口ぶりで辞めていった。

そういえば今日のように仕事中に電話をかけてくることも、今まで何度かあったっけ。奥手だった陽乃は、そんな電話も嬉しかった。トイレに隠れてひそひそ話すのが楽しかった。冷静に考えてみれば、単なる非常識。

いつだって陽乃は、彼の気分を損ねないように気を張っていた。ヘアスタイルも服装も、彼の好みに合わせるとまではいかないけれど、無難な線を選んでいた。

どうしてそこまでしていたんだろう。

答えはわかっている。自分に自信がなかったからだ。嫌われるのが怖かったから。いやなやつだと思われるのが怖かった。

でももういいや、どう思われても。

やっとその境地にたどり着けた。

「美談にしてるけど、それは浮気っていうんだよ」

できるだけ平静を保ってそう言った。それでも声が震えてしまった。

二人は目を輝かせたまま、なにも答えない。陽乃の言葉なんて届いていない。都合の悪いことにはリアクションしないように、あらかじめ決めてきたのだろう。

静まった四人のテーブルに、店内で流れているＢＧＭがのしかかる。軽めのジャズのはずなのにどっしりと重く感じた。

「浮気といえば」

突然千条が話し出したので、陽乃は驚いて横を向く。隣に千条がいたことをすっかり忘れていた。千条は椅子を少しひいて足を組み、つまらなそうにおしぼりをいじっている。

二人も不意を突かれたようだ。テーブルの上で重ねていた手がするりと離れた。

「アルギニン・バソプレシンというホルモンがあります。下垂体《かすいたい》という場所から分泌《ぶんぴつ》されるのですが――」

千条はおしぼりをまるめて脳みそのような形を作り、底面のあたりにぐいっと人差し指を挿《さ》す。

「このあたりが下垂体後葉です。アルギニン・バソプレシン——長いのでAVPにしましょう。AVPはAVP受容体に作用します。メカニズムについては難解なので今はそういうもの、ということにしておきます」

「……はあ」

さっそく千条の調子にのまれた優斗が、ほうけた返事をする。

「さて、ハタネズミというネズミがいます。ある種のハタネズミのオスは、脳の腹側淡蒼《たんそう》球《きゅう》という場所にAVP受容体が多いと一夫一妻制になり、中脳外側核に多いと一夫多妻制になることがわかっています。そして一夫多妻制のマウスのオスでも、AVP受容体遺伝子を導入すると、腹側淡蒼球でのAVP受容体の発現が増え、特定のパートナーを選ぶようになります。つまり、パートナーをたくさん持つオスになるかどうかに関しては、AVP受容体が影響するということです。不思議ですね」

不思議です、と陽乃は心の中でつぶやきながらうなずく。

ハタネズミの世界では、そんなアイドルグループみたいな名前のホルモンが一夫多妻になるかどうかを決めているなんて。生きものの脳みそと体は本当に不思議だ。

「現代のヒトの社会では一夫多妻制がとられている文化は多くありません。ですから複数のパートナーを持つことは、一般的に『浮気』や『不倫』と呼ばれます。ちなみに中脳は中のほうにあります」

千条はおしぼり脳から人差し指を抜き割りばしを手に取ると、それを逆手に持ち替えた。そして左手で持ったおしぼり脳に、勢いよく上からブスッと差し込む。今日の服装と髪型でそんなことをすると、ドスで頭を一突きするように見えてしまう。陽乃は自分の脳みそを刺されたような気分になり、思わず襟足あたりを手でさすった。

目の前の二人も、やはり気味が悪そうに頬を引きつらせている。

「ヒトもＡＶＰ受容体を作る遺伝子、ＡＶＰＲ1Ａというものを持っています。この遺伝子の変異と結婚生活との関係を調べた研究があるのです。難解なのでここもまた詳細は端折りますが、ＡＶＰＲ1Ａにある変異を持つ男性のうち、結婚生活になんらかの深刻な問題を抱えている人は三十四パーセント。変異のない男性は十五パーセント。なんと二倍もの差が――」

「ちょっと待てよ。俺がその、浮気や不倫をする遺伝子を持ってるって言いたいのか？」

優斗が声を荒らげ、テーブルをばんとたたいた。

アヤがびくっと身をすくめて瞬《まばた》きする。

千条は眉一つ動かさずに首を横に振った。

「人の話は最後まで聞きましょう」

うしろになでつけた髪が、ひとすじ額に落ちる。

「この研究が発表されると、メディアはこぞって『浮気遺伝子発見』などと書き立てました。しかしこの実験をした研究グループは『AVPはヒトの結婚生活にも影響を及ぼしている可能性はあるが、絶対的な因子として働くことは少ないだろう』と結論づけているようです。要は、ヒトは複雑なため、遺伝子一つで浮気するだのしないだのは決められないということです」

陽乃は息をのんで、他の三人の様子をうかがった。優斗とアヤは、狐《きつね》につままれたような顔で口をつぐんでいる。

千条が、つまらなそうにおしぼり脳から割りばしを引き抜いた。

「ただし、僕の経験上、この話をすると身に覚えのある人はたいてい怒りだすのです。今のあなたのように。浮気も不倫もしたことがない人なら、『俺もその遺伝子を持ってたりしてな。ははは』と笑い飛ばすのですが……。不思議ですね。以上です」

「……意味わかんねえよ」

優斗がつぶやく。

雰囲気は最悪だ。今すぐこの場から去りたい。

「先生、帰りましょう」

陽乃はバッグをつかんで帰り支度を始めた。そして早口で優斗に告げる。

「もう会うつもりはないから連絡してこないで。あと、私が貸していたお金は返さなくていいから。三年間でトータル八万四千八十二円。八十二円は、消費税が上がる前の切手代。

なんで貸しちゃったんだろう。ばかだな、私」

最後のほうはひとりごとのようになりながら、財布から二千円を出してテーブルに置く。

「私たちのぶんはこんなもんでいいよね。それじゃ」

いそいそと立ち上がり、千条の腕を引っ張って店を出る。

しかし、エレベーターホールに来たところで、誰かに腕をつかまれた。振り返るとアヤがいる。

「ちょっと来てよ。別になにもしないから」

陽乃が怯えて抵抗すると、彼女は千条に向かって叫んだ。

「そっちの人はもう帰って！　あんた部外者でしょ！　私はこの人と話があるの！」

さっきまでのしおらしい雰囲気とは大違いである。

千条はしばらく立ちすくんで陽乃たちを眺めたあと、下から上がってきたエレベーターに乗ってしまった。

「待って、嘘でしょ？　置き去り？」

閉まるドアの向こうで、千条は大真面目な顔で手を振っている。なんて人なの……。

アヤは、つかんでいた腕を放して陽乃をにらみつけた。

「あいつがいなくなったから、ここでいいわ。弁護士なんでしょ、あの高柳ってやつ。無駄にイケメンでイラっとする」

「は？」

高柳。そうか、千条のことだ。そういえば最初に高柳と名乗っていた。でも、弁護士のふりをする設定は早々に捨てたから、千条を弁護士だとは紹介していないはずである。

「なぜわかったんですか」

「だって店に入ってきた時、弁護士バッジを外してたじゃない！」

そういえばこの店に入った時に、千条は襟元をつまんでいじっていた——あれがバッジをはずす仕草に見えたのか。なるほど。まさか千条はわざとあの仕草をしたのだろうか。

アヤは大きなお腹をかばいながら、陽乃を責め立てる。

「それにあなたも高柳のことを先生って呼んだじゃない。なんなのあの弁護士。怖いし、屁理屈みたいなことで丸めこもうとして、どうせまともな筋の人じゃないんでしょ？　今日の会話だって全部録音してたのよね？　なにがしたいの？　私たちを訴えたいの？　お金が欲しいの？　そんなことしたって無駄だからね！」

言っていることがめちゃくちゃだ。

「訴えるつもり、ぜんぜんないです」

だって千条は弁護士じゃないもの、と喉元まで出かかったが、言わずにひっこめた。アヤが真剣だったからだ。

グロスで光っている唇が醜《みにく》くゆがんでいる。エクステをつけたまつげは震えている。目じりに涙を浮かべている。この人、こんな顔をしてたんだ。かれこれ三十分は彼女の顔を見ていたはずなのに、初めてきちんと人間として認識できたような気がした。

「へえ。訴えるつもりがないなんて、そんなこと言ってごまかすんでしょ？　私は優斗と結婚するの。二人の赤ちゃんを産むのよ。あんたに私の幸せは奪わせない！」

どうしてためらいもなく自分の欲望を他人にさらせるんだろう。

自分が間違っている可能性や、目の前の人間を苦しめている可能性を、どうして少しも考えないのだろう。泣きたいのは陽乃のほうなのに、陽乃はちっとも泣けなかった。そのうえアヤに対して怒りをぶつける気にもなれない。

もしかしたら、と陽乃は思った。

この人はこの人なりに、全力で自分の欲しいものを取りに行っているのではないか。

醜くあがいて、支離滅裂なことを言って、いろいろな邪魔者をなぎ倒して、欲しいものを取りに行っている。千条を弁護士だと勘違いしたのも、神経をとがらせて観察していたからだろう。

そのくらい欲しがっているのだ。優斗との生活を。この人なりに、幸せになろうとしている。

「奪いません」

陽乃は静かに答えた。

アヤに幸せになってほしいとも思わないし、かわいそうだとも、苦しめばいいとも思わない。もしこの先また優斗が浮気をしてアヤがつらい目に遭ったとしても、陽乃には関係がないことだ。その反対に、陽乃を裏切った優斗が、この先アヤのことだけは決して裏切らなかったとしても、陽乃には関係ない。

自分にも非があったなんて、絶対に言ってやらない。絶対に謝らない。

陽乃だって、自分を守るために精一杯なのだ。できるだけみじめな思いをせずに、できるだけ幸せに、毎日を過ごしたいのだ。それは、アヤが優斗との生活を全力で手に入れたいと思うのと同じ。ナオが研究と出産の両方を全力で手に入れたいと思うのと同じ。

陽乃は自信を手に入れたかった。幸せになってもいいと思えるだけの自信を、全力で。

「もう二度とあなたたちにかかわりたくない。話もしたくない。それだけ。帰ります！」

陽乃は階段を駆けおりて、その場から逃げた。

◆

息を切らして一階までおりると、歩道に千条が立っていた。まさかまだいるとは思っていなかったから、どきりとする。

「――お帰りになったんじゃなかったんですか」

「大事なことを指摘し忘れました。他人に金を貸すのは今後やめなさい」

それを言うためにわざわざ？　しかも千条の風体はどう見たって、借金を取り立てるほうのそれである。力が抜けてしまった。

「反省しています。もうしないです」

「それから、焼き鳥をまだ食べていません」

「焼き鳥！」

そういえばそんな話をしていたっけ。千条が指さすほうを見ると、焼き鳥居酒屋ののれんがかかっていた。すすけたお持ち帰りコーナーからは、香ばしい煙があがっている。

店内に入ると、中は意外と広く、仕事帰りのサラリーマンでほぼ満席だった。狭くて少しべたべたするテーブルについて、さっきは一口も飲めなかった生ビールの中ジョッキを注文する。

「今日は飲まないと気が済まないので私は飲みますが、先生はお酒、飲まないんですか」

「研究の話ができない人とはつまらないので飲みません」

即座に斬《き》り捨てられてしまった。もっとオブラートに包んだ言い方がありそうなものなのに、千条はまったく包まない。二カ月半の間に陽乃はすでに慣れてきてしまった。得体のしれない珍獣だと思えば、ちょっと観察してみようかという気持ちにもなれる。

千条は、果汁がほぼ入っていないオレンジジュースを注文した。そしてネギマとつくねを八本ずつ。

「……多くないですか?」

お財布の中身が心配になった。圭のせいで、ここは陽乃がふるまうことになっているのだ。

「適量でしょう。僕はトリカワや内臓系は食べませんから、ネギマとつくねだけあれば結構です」

「そうですか……。では私はきゅうりの浅漬けとからあげ」

ほどなく飲み物と浅漬けが運ばれてきた。店員は陽乃の前にオレンジジュースを、千条の前にビールを置く。そう見えるのも無理はなかった。千条の今日のいでたちにオレンジジュースは似合わない。

「僕は、ウリ系は食べません」

またしても斬り捨てられてしまった。

「では私が全部いただきます。アレルギーでしたか？」

「いいえ。単に嫌いです。せっかく獲得した大脳皮質が溶かされていく気分になるので」

まったくわからない。けれどこういう反応にも慣れてきた。人間は慣れるものなのだ。

「実をいえば、あの状況で山影さんに泣かれたらどうしようかと怯えていました。もし泣かれても僕は対処できないので、置いて逃げたでしょう」

陽乃はビールジョッキをつかみかけた手を止めて、千条を見つめた。

卒業式でも、映画を観《み》ても、上司に怒鳴《どな》られても、お局《つぼね》に理不尽ないやがらせをされても、陽乃は一度も泣かなかった。泣けば自分が悲しさやつらさを感じていることに気付いてしまう。気付いたら最後、心が折れてだめになってしまう。泣きさえしなければ、なにがあってもやり過ごせる。そう思っていた。

これって、吊り橋実験の話に似ている。

そうか。泣くから悲しいって、こういうことか。

「私はあれしきでは泣きませんよ」

それに、父からも言われているのだ。陽乃は強いから泣かずに頑張れと。だから泣くわけにはいかなかった。陽乃はごくりとビールを飲んだ。胃がきゅっと刺激される。

「号泣すると緊張感が薄れ、疲労が回復するそうです」

ついでのように、千条が言った。

「そういう研究をされている先生も、脳研にはいらっしゃるんですか？」

「いえ。ラジオで聞きました」

ラジオでしたか……。出どころが普通すぎて、千条の場合はかえって普通ではない。

「あの女性に危害を加えられたり、逆に加えたりしなかったでしょうか」

「大丈夫です。このとおり」

アヤが千条のことを弁護士だと勘違いしていたことを話すと、千条は満足そうにうなずいた。やはりあれは演技だったのだ。

「しかしそのあと僕を友達だと紹介したので、せっかくの演技が無駄になると、いささか腹が立ちました」

「……申し訳ありません」

恐縮して頭を下げる。しかし、謝ってばかりではいけない。ちゃんと感謝をしていることを伝えなければ。

「今日はどうもありがとうございました。一人では言いたいことも言えなかったと思います。気持ちの整理もつきました。とても助かりました」

「こんなおじさんでもお役に立てて光栄です」

今の台詞《せりふ》は笑ってもいいの？　表情が変わらないせいで、年に数回は口にするという例の冗談なのかそうでないのか、実にわかりにくい。ここは慎重を期して、笑わないことにした。

千条はよほど喉が渇いていたのか、店員を呼んでオレンジジュースをもう一杯注文する。陽乃のジョッキがすでに半分以上なくなっていることに気付いて、ちょっとだけ驚いたようだった。

「酒飲みですね」

「どちらかと言えばそうです。脳みそにはよくないでしょうけど……」

「そういう野暮《やぼ》なことを言いたいわけではありません。アルコールも時々であれば、命を落とさない程度で深めに摂取してもかまわないのではないでしょうか。翌日がつらいですが」

ネギマとつくねが運ばれてきた。千条のテンションがわずかばかり上がったように見えた。お皿の上にきれいに並べなおして、嬉しそうに顔を上げる。

「山影さんには二本ずつさしあげます」

陽乃は思わず噴き出した。

いただきます、と言って、千条は美味しそうにネギマを食べはじめる。

服のセンスが壊滅的で、あんなに部屋を散らかすくせに、彼の仕草のひとつひとつはとても品があった。きっときちんとしたアッパーな家庭で育ったのだろう。T大に入学できるような天才秀才は、それなりに家柄もよく経済的に恵まれた人たちが圧倒的に多いと聞いたことがある。

だからといって、将来が約束されているわけではない。この二カ月半で、陽乃にもそれが少しずつわかってきた。

仮説を立て、日々こつこつ実験をして、データを解析して、論旨にほころびがないかと細心の注意を払って、論文を書いて。その論文も投稿したジャーナルに必ず掲載されるわけではなかった。業績を武器に研究費を獲得しなければならないし、時にはお偉いさんたちに媚を売ることや根回しも必要。そうやってうまく立ち回っていかないと、研究は続けていけない。

研究所で働きはじめた頃は、「フリーダムだな」なんて思っていたけれど、とんでもない。すごくシビアな世界なのだ。

「先生はどういう研究をされているんですか。いろいろ読んでみたけれど理解できません」

「そうですか。残念ですね」

千条はつくねをもぐもぐ咀嚼《そしやく》する。このまま解説なしで終わるだろうかと、陽乃はつくねが飲み込まれるのをじっと待っていた。

「ひとことで言えば、脳の神経回路がどのように活動しているのか。それを調べる研究です」

残念ですね、のまま終わらなくてよかった。

「山影さんは今、箸《はし》を持ってきゅうりの浅漬けをつまもうとしています。きゅうりを視覚的にとらえ、それがきゅうりであると認識し、食すためには口に入れなければならないと判断して手を使って箸を持ち、指を複雑に動かしてきゅうりをつまみます」

陽乃は箸を持っていた指を見つめた。

きゅうりを食べる動作について、そこまで意識したことなんてなかった。

「山影さんは簡単な動作だと思っているかもしれませんが、そう思えるのは脳が膨大な情報を並列的に処理しているからです。生きものはみな、そういった脳による膨大な情報処理の繰り返しで生きていますが、まだメカニズムの全貌《ぜんぼう》は解明されていません。それをせっせと実験をして解明してゆくのが僕らの課題です」

わかったような、わからないような、なんともいえない感触だった。その研究はなにかの役に立つのだろうか。たとえば病気が治ったり、頭がよくなったり、寿命が延びたりするのだろうか。

それを尋ねると、千条は涼しい顔をして言いきった。

「すぐには役に立ちません。おまけに実験には恋愛も幽霊も出てきませんから、一般の人が聞いても面白くない。基礎研究とはそういうものです」

「なるほどです……」

「基礎がなければ応用はありません」

千条の前にある皿には、食べ終わったぶんの串も着々と並びはじめていた。串の両端はきちっと揃えられている。こういうものを並べるのは好きなのに、服や書類が散らばっていても気にならないのは、本当に不思議である。

千条のことは、やっぱり今もうまく理解できない。でも、彼のほうにも察してもらおうという気がないようだった。だからひとつひとつ言葉で確認していかないと仕事が前に進まない。

逆にそれが不器用な陽乃にはちょうどよいと思えるようになってきた。

潔く質問《いさぎよ》をしてしまえば、なにかしら返ってくる。たまに回答が遅くてイライラしたり、今は話しかけるなと追い払われてカチンときたりもするが、どこまで察したらいいのかわからずやきもきするよりは、ずっといい。

「焼き鳥のお礼と言ってはなんですが、業務について改善したいことがあればこの機会に言っておいてください」

えっ、このタイミングで？

千条はおしぼりで手を拭き、聞く気まんまんの様子だった。気付けばネギマもつくねも六本食べ終えている。早い。

「そうですね……。ホワイトボードの予定表かウェブの共有カレンダーを作りたいです。先生がいるのかいないのかわからなくて、不便で困ります」

「忘れていました。早急に作ってください」

やっぱり忘れていただけだった。それからまだあったはず。

「そうだ。話しかけてもいい時とだめな時がわかるようにしてください。パーテーションの外から様子をうかがうのに疲れました」

「善処しましょう」

よし、やった。これは大きな進歩。

「マグカップ置き場に、使用済みマグカップを置かないでいただけると助かります」

「僕はそんなことしていましたか」

自覚なしだったとは。

「もしスーツの替えがご入り用でしたら、私の妹が百貨店の紳士服フロアで働いていますので、紹介させていただきます。いつでもお声がけください」

「そんなに僕の服はひどいですか」

陽乃は肯定《こうてい》も否定もせずに、ただ笑顔を作った。

それからもう一つ重要なことがあった。ずっと伝えなければいけないと思いつつ、チャンスがなくてそのままにしていたこと。

「以前、秘書にストーカーされたご経験があるとうかがいましたが、私はそんなことしません。真面目に仕事をしますから、信用していただけると嬉しいです」

千条はほんの少し戸惑ったような目をすると、やがてふっと頬をゆるめた。

「わかりました。信用します」

よっしゃ。

陽乃はテーブルの下で小さくガッツポーズをきめた。

結局、食事の支払いは千条が持った。陽乃が少しでも払いたいと申し出ると、年俸がどれだけ違うかということを、とうとうと述べられてしまった。

「ごちそうさまでした。図々しくいろいろなお願いをしてすみませんでした……というか、ありがとうございました。このお礼は仕事でお返しします」

お辞儀をすると、千条は「返してください」と歩き出す。

外は雨が降っていた。梅雨はまだ明けそうにない。千条は骨が一本折れて、一か所が破れたビニール傘をさし、陽乃がバッグからもたもたと折りたたみ傘を出すのを待つ。この先は使う路線が違うので、会話はここまでだ。

「お疲れ様でした。明日もまたよろしくお願いします」

千条はそう言うと、ＪＲの駅に向かって歩いていった。

陽乃がふと視線を上げると、駅ビルのエスカレーター脇のアクリル板に自分の姿が映っていた。

また短くなってしまった前髪を、指でぱさっと整える。前髪はそのうち伸びるし、最近はちょっとこの短さも好きになってきた。

「俺の体は今日から脳だ……」

久しぶりにエリック様の呪文をつぶやいて、陽乃はエスカレーターのステップを踏んだ。

5

Noken Labo.

直観は訓練した者にもたらされるものである

梅雨《つゆ》が明けたとたんに、灼熱《しゃくねつ》の夏が襲ってきた。

陽乃《ひの》は作ったばかりの研究室用のウェブカレンダーに学会の予定を入力する。

今のところ、研究室メンバーの出張予定は、月末の日本神経科学大会。この学会には研究所のほとんどの研究者が参加することになっている。佐和《さわ》によれば、「秘書がのびのびできる数日間」なのだそうだ。

千条《せんじょう》サンクチュアリの壁になっているパーテーションには、ビニールひものついた紙プレートがかけられている。なにかの荷物の台紙として入っていた厚紙を流用した工作だった。表と裏に、紙いっぱいの大きな文字が手書きしてある。頭のいい小学四年生男子のような字だった。

表には「GO」。ひっくり返すと裏には「NO－GO」。

初めてこのプレートを見た時、陽乃は思わず「これ、先生が作られたんです?」と訊《き》いてしまった。

「そうです。『NO－GO』が出ている時は、取り込み中なので反応しません。『GO』の時は話しかけて結構です」

手作り感があふれていてなんだか和《なご》んだ。

そんなことを思い出しながらウェブカレンダーを整理していたら、千条に声をかけられた。

「十三時からディスカッションをしたいので、テーブルを片付けておいてください。それからこれを高柳《たかやなぎ》くんに渡して、付箋《ふせん》をつけたところの論文を読んでおくように言って」

千条がミーティングテーブルに原文のジャーナルを置く。ここにいる人たちはみんな英語の論文が読める。理系の研究者とはそういうものらしい。

千条はさっそくプレートを「NO‐GO」に変え、サンクチュアリにひきこもった。

大部屋に行くと、圭《けい》は自席でスマートフォンを握って見つめていた。うしろからのぞいてみた。オンライン将棋《しょうぎ》ゲームをしている。

「なに遊んでるんですか」

圭がびくっとしてスマートフォンを腕で隠した。

「いや、これ、研究だから！　AIの！」

この慌てぶりは、絶対に研究ではなくてただ遊んでいただけだろう。疑いのまなざしを向けつつジャーナルを渡す。

「十三時からディスカッションです。それまでに付箋の論文を読んでおくように、とのことです」

縮こまって「あざっす」とジャーナルを受け取った。

「俺、実は将棋、得意なんすよね。陽乃さん、将棋やります？」

「駒《こま》の動かし方くらいしか知りません。今は人間よりAIのほうが強いって聞いたことがありますけど」

　圭が興奮ぎみにくるりと椅子《いす》をこちらに向けた。

「そうなんだよね。けっこう前から人間は将棋ＡＩに勝てなくなってんすよ。今やプロ棋《き》士《し》も将棋ソフトを使って勉強する時代っすからね」

　世の中、そんなことになっていたとは。そのうち秘書業務もＡＩに取られて、自分なんて失業してしまうんじゃないかと、陽乃は思った。

　難しいことは理解できないし、大事なことをうっかり忘れてしまうこともあるし、メールの文面だっていつも「これでちゃんと意味が伝わるだろうか」と不安になりながら送信ボタンをクリックしている。

　英語もかろうじて読み書きができるだけで——これは英文科で培《つちか》ったわけではなく、エリック様に関する記事を原文で読みたいがために身についたもの——たまに英語で電話がかかってくると、ホードンプリーズとだけ告げて、バケツリレーのように千条に転送してしまう。

　ぼやっとしている陽乃より、ロボットのほうがよほど効率よく仕事をこなしそうである。

「そういや、プロ棋士の脳を研究してたプロジェクトがあったな……」

　と、圭はパソコンのキーボードをたたき、ブラウザの検索バーに文字を打ち込む。「プロキシ」とまず変換されてしまってぶつぶつ文句を言いながら、プロジェクトのウェブサイトを陽乃に見せた。

「これ」

「へえ。こんな研究をしてらっしゃる方々もいるんですね。面白い」

のぞいてみると、脳のカラーイラストやfMRIの画像に交じって、陽乃でも知っているような有名なプロ棋士の写真も載っていた。けれど、書いてある研究内容については、ちらっと読んだだけではさっぱりわからなかった。

「で、なにが解明されたんです？」

「プロ棋士は瞬時に次の一手を思いつくって、よく言うよね。プロ棋士とアマチュア棋士の脳を調べたら、次の一手を導出する時に使う脳の部位に特徴があったんすよ。プロ棋士は『楔前部《けつぜんぶ》』っていう部分と『尾状核《びじょうかく》』っていう部分が活動してた」

「それは天才だけに許された脳活動なんでしょうか」

だとしたら、陽乃には一生縁がなさそうである。

圭は、うははと笑った。

「違うって。どっちの部位もみんな使ってるよ。たとえば白い粉の上に大福が置いてあるとするじゃん？　ぱっと見、白くてよくわかんないじゃん？　でも大福は見たことがあるから形を知ってるじゃん？　記憶にあるその形と目の前にあるはずの大福を照合させる時に楔前部が活動する。で、なんだかんだあって最終的には、あっ大福がここにあるじゃん、ってなるわけ」

「なにそれ。わかりやすいです！」

頭の中にすんなり内容が入ってきたので、陽乃は感動してしまった。

「高柳さん、意外と頭がいいんですね」

「だーかーらー、意外って言わないでくださいよ。俺への期待値、低すぎでしょ」

すみません、と形だけ謝る。

「プロ棋士がその時見てる盤面と、今まで見てきた盤面の記憶を一致させる時に楔前部が活動するわけだ」

「じゃあ、尾状核《びじょうかく》というのは？」

「大脳基底核《きていかく》の一部で、大脳基底核っていうのはめちゃくちゃ薄めて簡単に言うと、運動とか記憶とかにかかわる部分。プロ棋士に一秒で次の一手を決める実験をしてもらったら、その時に尾状核が活動したんすよ。直観でなにかをする時に尾状核が活動するってことっすね。それにしても一秒っすよ？　プロ棋士ってマジで直観で戦ってるんだなー」

「チョッカン？」

「そう。カンはえっと……観音様のカンのほうね」

「なるほど、直観」

直観で戦っている。なんて素晴らしい響きだろう。就職先や恋人などなど、今まで直観で選択してきたものがことごとく失敗に終わっている陽乃にとって、それは夢のようなフレーズだった。エリック様も語っていた。戦略は体に刻み込まれている、と。それはきっと、直観で戦っているということだ。

「私も直観で戦えるような人間になりたいものです」

「ふーん。陽乃さん、武闘派っすね」

あぶない。そろそろ話を切り上げないと、秘密の趣味がバレてしまいそうだ。

「それじゃあ、辻《つじ》さんにも十三時からミーティングだとお伝えください」

「了解！」

その時の陽乃はまだ知らなかった。

このあと恐ろしい目に遭うということを。

◆

「あの千条先生が焼き鳥おごってくれるなんて、信じられないわ」

一週間以上も前の話を佐和に蒸し返されて、陽乃はついついチベスナ顔になってしまう。

陽乃と佐和、りりかは、第三会議室でお昼を食べていた。ここは会議室とは名ばかりの空き部屋で、研究所員たちの休憩スペースになっている。

「そんなにケチなんですか？」

陽乃がそう言うと、りりかがジェルでぴかぴかの爪を陽乃に向けた。今回はラメ入りの白だ。

「じゃなくてー、あの先生、秘書アレルギーだし、女性と二人っきりでごはん食べるのは苦手そうでしょー？　ねえ、千条先生となにしゃべるんですかー？」

「主に仕事の話でした。どんな研究をしてるのかとか、共有カレンダーを作りたいとか」

佐和とりりかが「なんだつまんない」と口を揃《そろ》える。この人たちはなにを期待していたんだろうと、陽乃はあきれた。

「だって他に話題、ないですし」

「それもそうか。うちは波田《なみた》先生が女性だし、何度か二人でごはん食べたことあるけど、気を遣っちゃう。上司だからね」

「丸伊《まるい》先生はぜーったい女性と二人きりでは食事しませんよー。怖ーい奥さんがいて、女の人と二人でごはんなんて食べたら目ン玉タコ焼きにされて食われてまうねん、っていつも言ってますー」

結局、陽乃たちの話は、「先生と秘書の間には深い溝があるが、それゆえ仕事がうまく回る」ということで落ち着いた。

ひとしきり会話が終わると、りりかは「ちょっとあっちに行ってくるねー」と、顔見知りの理学部の秘書たちのいるテーブルへ行ってしまった。

佐和はコンビニスイーツをゆっくりと味わっている。今日は、ほうじ茶クリームプリン。中学二年生の長男が勉強しない、寝ない、起きない、うるせーうぜーとチンピラみたいな口をきく、と嘆いていた。

窓の外からはテニスボールを打つ音が聞こえてくる。ここからはテニスコートが見えないので、届くのは音だけだ。こんなお昼の炎天下にテニスなんてしたら、熱中症になってしまうのではないかと心配になる。

ともあれ、平和な昼下がり。

陽乃たちは、それぞれちょうどいい頃合いに第三会議室を出た。

十三時十分前に研究室に戻りメールをチェックする。そして、この部屋を離れて別の場所に行くちょうどよい言い訳はないかと、考えてみる。

この部屋でミーティングが行われる時は、できることなら離席をしたかった。きっと千条たちは秘書が同じ部屋にいることなんて気にもしていないのだろうが、陽乃としてはたいへん居心地が悪いのだ。

部屋を出る口実として使えるのは、まず構内便を取りに行く。トイレに行く。あとなにかなかったかな……遠めの校舎に行く用事があれば、時間が稼げて一番いいんだけれど……。

つらつらとそんなことを考えていると、千条が戻ってきた。

この頃は暑いせいか、実験室に入る時にしか白衣を着ていない。今日はネイビーの太い横じま模様の半そでラガーシャツにネイビーのコットンパンツ。どちらもやっぱり大きめだし、シャツはとても色あせている。

ほどなくして、圭が「失礼しまっす」と入ってきた。ミーティングテーブルにノートとペンを置いて椅子に座る。

陽乃が壁掛け時計を見ると、もう十三時を過ぎていた。ナオが遅れるのは珍しい。いつもは圭よりずっと早く現れるのに。

「高柳さん、辻さんに時間と場所、伝えていただけましたよね？」

「伝えましたってば。三十分くらい前に廊下ですれ違った時に、『遅れるなよ、高柳』って脅されたもん。そういえば遅いな」

時間を間違えているのだろうか。なにかの作業に夢中になってしまい、時計を見忘れているのかもしれなかった。

「呼んできますね」

陽乃は大急ぎで大部屋に行ってみた。しかしナオはいない。

席のパソコンはスクリーンセイバーが起動していて、スマートフォンはキーボードの横に置かれたままだ。すぐに戻ってくる気で席を立ったに違いない。

まさかトイレで倒れていたりしないよね？　心配になり、うしろの席にいたポスドクに尋ねる。

「辻さん、どこに行かれたかご存じです？」

「旧部室棟に、卓上扇風機を取りに行くって言ってたけど」

実験にでも使うのだろうか。

「行ったのはいつです？」

「そうだな……二十分くらい前だったかな」

陽乃は彼にお礼を言って、旧部室棟の鍵置き場を確かめた。鍵束はまだ戻されていない。おそらく、ナオが持っているのだろう。

二十分前だとしたら、扇風機を取ってすぐに帰ってくれば十三時のミーティングには十分に間に合う。もしかしたら、自分と入れ違いに研究室に行っているのではないかと、もう一度戻ってみた。

ところが研究室にもいなかった。千条が顔を上げる。

「いませんでしたか？」

「はい。二十分ほど前に、卓上扇風機を取りに旧部室棟へ行ったそうなんですが」

圭によれば、ナオは席が窓際だから暑いと、最近よくこぼしていたそうだ。

「旧部室棟にある扇風機を使いたいって言ってたけど……。それにしても遅いっすよね」

ナオは妊婦である。体調が悪くなってしまい、どこかで立ち往生している可能性もある。おまけに行き先が旧部室棟というのも気になる。このあいだの一件で、あそこに幽霊はいないということはわかったが、雰囲気は依然として薄気味悪いままだ。なにかの拍子につまずいて倒れ、気を失って――。

ああ、だめだ。陽乃はふるふると頭を振った。いやな想像ばかりが浮かんできて、じっとしていられない。

「私、旧部室棟を見てきます」

そう言うと部屋を出て、小走りで旧部室棟に向かった。

外は体が焦げてしまいそうな暑さだった。席が窓際にあるナオが暑がるのも無理はない。日差しの強さに目が痛む。

急いで研究棟の裏にまわると、あの湿った土のにおいが漂ってきた。こんなに快晴なのに、木々がうっそうとしているせいか、このあたりだけはかび臭くて、湿気が肌にまとわりつく。

旧部室棟の出入り口の鍵は開いていていて、廊下の明かりもついていた。ということは、ナオはまだ中にいるはずだ。扇風機のある部屋番号を聞き忘れてしまったので、廊下で声をかける。

「辻さーん、いますかー？」

がらんとした廊下に、陽乃の声が反響した。

返事はない。切れかかった天井の蛍光灯《けいこうとう》が、ときおりピンッと音を立てて点滅をする。

と、階段の手前の一〇五号室あたりから物音がした。陽乃は注意深く一〇五号室のドアの前まで進んだ。静かにドアノブを回す。しかし、鍵がかかっていて開かない。

「ここじゃないのかな……」

そうつぶやいたとたん、がちゃりと鍵のはずれる音がして、誰かが中からドアを開けた。

目をぎょろつかせたナオだった。

ナオは、陽乃を強引に部屋に引っ張りこむと、震える手でドアの鍵を閉めた。

「どうしたんですか⁉」

ナオの手が、陽乃の腕を痛いくらいの力でつかむ。

「……誰か、いた」

「え？」

「誰かいたの。廊下の奥に。だから出られなくなった」

「えっ！」

陽乃もナオの腕をつかんだ。ナオが、ガタガタ震えながら話し出す。

彼女ははじめ、間違えて一〇三号室に入った。この棟には「四」のつく部屋がないから、一〇三号室と一〇五号室は隣同士である。鍵穴に鍵を差し込んで回したところ、逆に鍵がかかってしまった。もともと施錠《せじょう》がされていなかったのだ。

前に来た人が閉め忘れたんだな。そう思いながら一〇三号室で扇風機を探したが、見つからない。ナオは部屋を間違えたことに気付き外に出て、鍵を閉めた。

一〇五号室に行くと、なぜかこちらのドアも施錠されていなかった。

不用心だと思い、ドアを開けようとしたその時、廊下の奥でなにかの気配がした。

そっと顔を向けると、男が立っている。

この暑い中、レインコートを着て長靴を履いている。

ナオはとっさに部屋の中へ飛び込み、中から鍵を閉めた。

電話で助けを呼ぼうとしたものの、スマートフォンを自席の机の上に置いてきてしまったことを知り――。

「……あれは幽霊じゃない。人間。目撃情報がメールでまわってきた、あの不審者……」

ナオがやっとのことで声を絞り出す。

「どうしてこの建物の中に……」

「そんなこと知らないよ！」

その時、足音が聞こえてきた。陽乃たちはお互いの腕をつかんだまま身をすくめた。ドアを一枚隔《へだ》てた向こうを、足音が通り過ぎていく。

きゅっ、きゅっ。きゅっ、きゅっ。

陽乃が聞いたのも、この足音である。

あの肝試《きもだめ》しの時、階段から陽乃を見ていたのは、レインコートの不審者だったのだ。

足音は右から左へ通り過ぎ、今度は左から右へ通り過ぎた。また廊下の奥へ戻ったようだ。

「……やだ……なんで行ったり来たりしてるの……気持ち悪い……」

ナオが肩を震わせて泣きだした。

どうしよう。恐ろしくてたまらない。しかし一度「怖い」と口にしてしまったが最後、底なしの恐怖に飲み込まれて動けなくなりそうだった。

「大丈夫ですよ！　ドアの鍵、閉まってますし、入ってきませんよ！」

陽乃は、ナオにも自分にもそう言い聞かせる。

でも。

レインコート男は合鍵を持っているかもしれない。あるいはピッキング方法を知っているのかもしれなかった。この建物に入ることができたのも、部屋の鍵を開けることができきたのもそれが理由なのだとしたら、今この部屋のドアを開けることくらい造作ない――。

視線を落とすと、ナオのふっくらとしたお腹《なか》が目に入った。

彼女に無理をさせるわけにはいかなかった。今、動けるのは陽乃だけだ。

助けを呼ばなくちゃ。学内警備室の電話番号は……覚えていない。ここには内線電話もない。こういう時は……ええと……おまわりさん――。

「辻さん、大丈夫です！　警察に電話しますから！」

陽乃はポケットからスマートフォンを取り出してタップする。警察、警察って何番だっけ。ひゃくとおばん、そうだ一一〇だ。動転していて頭がうまくまわらない。

電話が通じ、どうにか状況を説明する。口の中が渇いてうまくしゃべれなかった。質問されるままに答えていくと、すぐに警察官を派遣するからそのまま待つようにと言われた。

「辻さん、すぐに警察の人が来てくれるそうです！　大丈夫です！」

「よかった……」

ほっとしたのか、ナオはへなへなと棚によりかかる。まとわりつく湿気と緊張に、その額《ひたい》が目で見てわかるほど汗ばんでいた。部屋の隅《すみ》を見ると、キャスター付きの古いデスクチェアがいくつか置いてある。それを引っ張ってきてナオを座らせ、ナオが取りに来た卓上扇風機のコンセントを挿《さ》してスイッチを入れた。

「ありがとう……妊婦のまま死ぬのかと思った……」

「なに言ってるんですか！　死なないです！」

もう助けは呼んだ。あとはなにをすればいいんだろう。そうだ、研究室に連絡して状況を伝えておかないと。

陽乃が電話をかけようと、スマートフォンを持ち替えた時だった。

「おーい。辻さーん、陽乃さーん。いるー？」

圭ののんびりした声が聞こえてきた。建物の出入り口のほうからだ。きっと心配して来てくれたのだろうが、無防備に入らせるわけにはいかなかった。不審者がどこで待ち構えているかわからないし、もし武器でも持っていたら大変なことになる。

陽乃はＬＩＮＥ《ライン》で圭にメッセージを送った。

『入ってくるな』

『不審者いる』

『部屋に隠れてる』

『警備呼んで』

『けいさつうほうずみ』

慌ててフリックしたせいで、最後のメッセージはひらがなだけになってしまったし、「っ」が一つになってしまったが、十分に伝わるはずだ。

遠くのほうから、ＬＩＮＥの着信音と「はあ？　不審者？」という圭の声がする。

だから、入ってくるなってことなの。わかってよ、高柳さん！

じっと身をすくめて返信を待っていると、別の音が聞こえてきた。

きゅっ、きゅっ。きゅっ、きゅっ。

陽乃とナオは、斜め上を見上げた。この部屋のすぐ外にある階段を、あの足音が下りてくる。男はいつの間にか、上の階に移動していたらしい。

「……下りてくるよ。どうしよう」

ナオが不安そうに陽乃を見つめる。

「高柳、大丈夫かな……鉢合わせしたらまずいんじゃないかな……」

「大丈夫ですよ。私たちのことも襲ってこなかったくらいだし、大丈夫です」

たぶん、と消えそうな声で付け加えて、陽乃は足音のする壁の向こうに視線を向けた。

圭からの返信はまだ来ない。逃げた？　それとも私がふざけてメッセージを送っていると思って、研究室に戻ってしまったとか？　警備員を呼びに行ってくれたのだとしたら一番いい。いずれにしろ、ここにいてレインコート男に襲われてしまうよりはいい。

男の足音は、階段を下りきって、ドアのすぐそばまで近づいてきていた。

足音がぴたりと消え、あたりがしんと静まり返った。

つぎの瞬間。

「うわっ!!」

　どこからか圭の叫び声がした。

　襲われた⁉

　陽乃は反射的に部屋の隅に向かって駆け出し、キャスター付きのデスクチェアを一脚つかんだ。それを押してドアを開ける。

　廊下に出ると、目の前にレインコートの男が立っていた。

「うあああ！」

　陽乃はそう叫び、思い切りデスクチェアを押し出した。男にとってそれは予想外の攻撃だったらしく、彼はチェアに足を取られてその場に尻もちをついた。

　圭がなにかを訴えている声が、陽乃の背後、建物の出入り口付近から聞こえてきた。そこにいるということは、さっきの叫び声は襲われたわけではなく、単に男の姿を目の当《ま》たりにして驚いただけのようだ。

「陽乃さん！　逃げて！」

　圭はそう叫んでいた。わかっている。できれば逃げたかった。けれどナオを置いていけないし、なにより足がすくんで動かない。

　陽乃が震えている間に、男は腰を押さえながら、もがくように立ち上がった。そして、右腕を頭の上まで振り上げた。手に光るものを握っている。

　ナイフ？

「いやぁぁぁぁっ！」

陽乃は恐怖のあまり絶叫して、振り下ろされる男の腕の手首とひじのあたりを両手でつかんでしまった。

この感覚、知ってる。陽乃はそう思った。

正面打ち一教。合気道の基本技である。このまま相手の腕を捌《さば》いて体の向きを変え、床に押さえ込めばいい――。

しかし、そう簡単にできるわけがなかった。陽乃は男の腕の力をまともに受け止めてしまい、その衝撃で二人とも転がった。

男の持つナイフの先端がこちらを向いている。

刺される！

思わず頭を両腕で抱えて体を丸めた時、誰かが陽乃の背後から走ってきた。

人影は走ってきた勢いのまま、しなやかに身をかがめて男の腕にタックルする。総合格闘技好きな陽乃の脳裏には焼き付いている動きだった。ただのタックルではない。そこには、武器を持った腕の関節を取るという明確な意志があった。

男の手からナイフが落ち、床に転がる。

「先生！」

男にタックルしたのは千条だった。陽乃が驚いて身を縮めている間に、千条は流れるように男の上半身を床に倒し、袈裟《けさ》固めのようにして動きを封じる。

「ナイフ蹴ってください！　早く！」

千条が叫ぶ。陽乃は立ち上がって、ナイフを思い切り蹴り飛ばした。それはやけに軽くて、廊下の床をバウンドしながら飛んでいく。

男は足をバタバタ動かしてあがいたが、もはや逃れることはできなかった。

「通報は？」

暴れる男を押さえつけながら、千条が訊く。歯をくいしばっているせいか、時々声が揺れた。

「はい、警察に！」

「警備には高柳くんが連絡しました。辻さんは？」

「部屋の中にいます」

一〇五号室のドアがぎぃと開いて、涙を浮かべたナオが隙間《すきま》から顔をのぞかせた。

「まだ中にいてください」

千条にそう言われ、ナオはうなずいてドアを閉めた。

その直後、たくさんの足音がして、出入り口から警備員がなだれ込んできた。その中には圭の姿も見える。一足遅れてやってきた警察官を見つめながら、陽乃は自分に言い聞かせた。

もう大丈夫だ。ナオは無事だし、不審者もすぐに警察に捕まる。もう大丈夫――。

そこでようやく陽乃は、自分がとても疲れていることに気付いたのだった。今まで気が張っていて感覚が麻痺《まひ》していたが、体は痛いし、ひじはすりむけて出血しているし、ひざはがくがく震えている。

急に力が抜けてきた。背中を壁につけてずるずると座り込む。

レインコート男が警察官に連行されていく。それをぼんやりと眺めてつぶやいた。

「怖かったあ……」

千条が近づいてきて腰を落とし、陽乃をのぞき込んだ。

「山影《やまかげ》さん、怪我《けが》はないですか」

「大丈夫です――」

そう答えたのに、言葉とはうらはらに、体がこわばって立ち上がれない。

「――けど、すごく怖かったです。立てないです」

「そうですか。しばらくここで座っていましょう」

千条は、陽乃から人二人分ほど離れた場所に腰を落として、体育座りをする。

「……お手数おかけします。ありがとうございます」

声が震えた。でも、立ち上がれるようになるまで、誰かがそこで待っていてくれている。

そう思うと安心してここにいられた。

安心したら涙が出てきた。

「……すごく……こ……怖かったん……ですよ……」

陽乃は、わああと声をあげて泣いた。涙を拭きもせず、流れるままにして泣いた。

こんなに泣いたのは子供の時以来だった。父親が亡くなった時以来だ。

陽乃は強い子だから泣かずに頑張れと父に言われ、あの日以来ずっと泣かずに生きてきた。まるで呪いにかけられたように。

それが今やっと解けたような気がした。

「怖かったんです……」

千条はずっとそこにいた。泣かれても対処ができないから置いて逃げるだろう。焼き鳥屋でそう言っていた千条は、逃げることもなくずっとそこにいてくれた。

声をかけるわけでもなく、触れるでもなく。

ちょうどよく離れて、ただそこにいてくれたのだった。

◆

陽乃も千条も、手足にすり傷とあざができたくらいで、幸いにもたいした怪我はなかった。

ストッキングは破けてしまったが、替えはいつでもバッグに入っている。

陽乃は部屋を飛び出す時、無意識のうちに自分のスマートフォンをナオに渡していたらしい。そこには圭からＬＩＮＥの返信が入っていた。

『警備呼んだ』

『今どこ？』

『返信できる？』

『がんばれ』

圭はＬＩＮＥ越しに、必死に陽乃たちを励ましてくれていた。


そして千条研究室の四人は、事情聴取のために、警察署までパトカーに乗せられたのだった。

「ドナドナっすね」

圭だけは一人興奮し、他人事《ひとごと》のようにうかれていた。

「ナイフじゃなくて、ルアーだったとはなー。しっかしなんでルアーなんて持ってたんすかね」

陽乃と千条がナイフだと思ったものは、フックを外した釣り用のルアーだったのである。どうりで蹴った時に軽かったわけだ。でも、あれがルアーだったところで、恐ろしかったことには変わりない。

警察署には、ナオの夫が迎えに来た。ぽっちゃりとした、えびす様のような風貌《ふうぼう》をした男性だった。佐和と波田が言っていたほど今どきの男の子のようには見えなかったが、人の好《よ》さは見ていてよくわかった。

「無事でよかった」

彼はそう言い、人目もはばからずナオを抱きしめた。そして二人は心底ほっとしたように微笑《ほほえ》みあう。本当によかった、と陽乃は安堵《あんど》の中で思った。何事もなくてよかった。辻さんのだんなさんが優しそうな人でよかった。

辻夫妻のタクシー代は千条が支払った。恐縮する彼らを、「いいから早く帰ってください」と追い払う。そして、ナオ以外の三人は、三時間近く事情聴取されることになったのである。

解放された時には三人ともぐったりしていた。感謝状が出されるという話もあったが、陽乃は固く辞退した。

陽乃は居心地のいい狭い世界で、ひっそりと生きていきたいタイプなのだ。

ナオは翌日、けろっとした顔で研究所に現れた。

「あんなことがあったのに、案外大丈夫なもんだね。自分のポテンシャルに驚いてるし、たぶんこいつも強い」

ふっくらとしたお腹をササッとさすって、ナオはサムズアップした。

事件のことは数日のうちに学内に知れ渡った。脳研の誰もが驚いたのは、レインコートを着た不審者の名前が「枝木充《えだきみつる》」だったこと。

「あのエダキがリアルミツルくんとはねえ。マジやばくないすか？」

陽乃が構内便を持って大部屋に行くと、圭が興奮気味に話しかけてきた。どんなことでも面白がれる圭も、今回ばかりは恐怖を感じたらしく、頬《ほお》をひきつらせている。

「名前が同じって、できすぎじゃね？」

隣の席のナオは彼以上に気味悪がり、お祓《はら》いをしたほうがいいんじゃないかとまで言いだす。

「私もう旧部室棟には絶対行かないから。倉庫係は高柳に任せた」

「は？　俺だって怖いっすよ」

レインコートの枝木充は三十歳。この大学から歩いて五分ほどの場所にある、風呂トイレ共同の古いアパートに住んでいた。

高校卒業後に俳優を夢見て上京したものの、鳴かず飛ばずのうちに無情にも時は過ぎる。体を壊して休みがちになったせいでバイトをクビになり、やがて家賃の滞納が続いてアパートを追い出されてしまった。居場所のなくなった充くんは、このキャンパス内をうろつくようになった。脳研の外線番号は、偶然手に入れたらしい。

　充くんは旧部室棟一〇二号室の掃き出し窓を一部割った。建物の中にはこうして入ったのである。もともと旧部室棟は脳研と理工学研究科の倉庫になっていたから、ほとんど人が来ない。充くんはひと月ほどの間、旧部室棟を生活拠点にしていた。

「あそこ、いちおうトイレとシャワーがあるんすよね」

　快適な住まいだったに違いない。

　部屋の旧式のドアは、針金で簡単に開いたそうだ。特別なピッキングの知識も必要がなかったらしい。いろいろな部屋に入るうちに、どの部屋の鍵を開けて閉めたのか、忘れていたのだそうだ。

「しかも、猫が出入りしてたんすよ。割れた窓から」

　圭のくしゃみが止まらなくなったのは、建物の中に頻繁《ひんぱん》に出入りしていた猫のせいだった。

　陽乃と千条がナイフに見間違えたルアーは、建物内のどこかで見つけたものらしい。

　人を傷つけるつもりはなかった、自分の脳を調べてほしくて、学部を問わず優しそうな女子学生に声をかけていた――充くんはそう供述しているという。気の毒なのかもしれないが、同情する気には少しもなれなかった。

「でもね、明日は我が身っていう気もするんすよ」

と圭は猫クッションを抱きしめる。

「ミツルくんも充くんも、最初は期待に胸膨らませて夢に向かって進もうとしてたわけでしょ？　なのに途中で気付くんだよね。自分にはそれをつかむ力がないってことに。気付いた時にはすでに潰《つぶ》しが効かないところまで来てる。研究者もそういう部分あるっしょ？」

あーそれわかる、とナオがうなずく。

「いきなり過酷な現実とご対面するんだよね。病む人は病むかもしれない」

陽乃はふと、「研究をやっていく気があるのか」と千条に責められ絶句していた圭の姿を思い出した。それから、子供も欲しいし研究も続けたいと泣いていたナオの姿も。

あの時の彼らは、見ている陽乃がつらくなるほど、絶望的な空気を背負っていた。

ミツルくんも充くんも、それから圭やナオ、千条たちも。みんなそれなりの覚悟を持ってそれぞれの世界に飛び込んだに違いない。けれど、よい明日を迎える人もいれば、そうでない人もいる。

神さまは不公平だし、現実はたまに残酷だ。だとしたら、ここで自分はなにができるだろう。

ふだんからこういうことを考える訓練をしていない陽乃は、直観で解答を導き出すことができない。だから少し考えてから答えた。

「じゃあ私は、みなさんが病まないように逐一《ちくいち》見張ってますね」

「なんで上からなんだ」

ナオにつっこまれた。

「陽乃さん、意外と武闘派だからな」

圭がそう言うと、ナオは「えいっ！」と合気道のような構えをする。でたらめな合気道をデモンストレーションする二人の横で、陽乃はまたチベットスナギツネの顔になった。

「やめてくださいね。私の黒歴史で遊ぶのは……」

でも、二人とも楽しそうだから、まあいいか。

「それより陽乃さんの歓迎会どうします？」

圭が椅子をくるりとこちらに向けた。ナオはパソコンのグルメサイトでお店検索をしはじめる。

「あの先生が歓迎会するって言うんだからびっくりだよ。私の時はやってくれなかったのに」

「そんなの、俺ん時だってなかったすよ？　これからはそういうこともしていきましょう、だってさ。充くんと戦って頭でも打ったかな」

「『千条誠《まこと》は社交性を手に入れた！』ってやつじゃない？」

ナオがディスプレイを見たままそう言うと、圭は「それな」となった。

「ＲＰＧ風味で来ましたね。じゃあ陽乃さんは、『山影陽乃は新たなジョブを手に入れた！』っすね」

「……だからやめてください、私をネタにするのは」

歓迎会をしてくれるという気持ちはありがたかったが、陽乃としては背中がむずがゆくなってしまう。目立つのは苦手なのだ。

「やらなくてもいいんですよ、歓迎会」

手をメガホンのように口元に添えて小声で言うと、圭とナオが揃って陽乃を見上げた。

「なに言ってんすか？　やるに決まってんでしょ？　他の研究室の人も呼んじゃうか」

「いいお店見つけたら連絡するからね」

こんなに力を入れてくれると、苦手だからと断ってしまっては悪い気がした。

「わかりました。ありがとうございます」

素直にお礼を言って大部屋をあとにし、千条研究室に向かう。

ふとドアのガラススリットを見ると、自分の姿が映っていた。前髪はまだ少し短かかったが、もう気にならない。前髪の長さなんて、自分で好きに決めればいいのだ。

陽乃と光里《ひかり》はその週末、父の命日に合わせて実家に帰った。

風美子《ふみこ》と話をするのは、研究所から追い返して以来。そして山影はこういう時、嫌な顔一つせずに参加するのだった。

テーブルを囲み、四人は座る。ダイニングのルームエアコンは古くて、吹き出す風が陽乃の顔を直撃した。四人の前には、コーヒーと陽乃たちが手土産《てみやげ》に持ってきたいちごのショートケーキ。この近くの駅前にある洋菓子店のケーキ。子供の頃によく食べた味だ。

ここは陽乃たちがもともと住んでいたマンションだった。この家に住み続けたいという風美子のわがままを叶えてくれた山影は、本当に献身的で心が広い。今日は薄いピンク色のボタンダウンシャツを着て、ふわっとそこにいた。

山影さんってふわっとしているな。陽乃は常々そう思っていた。四人で一緒に暮らしていた時も、ホテルやレストランの訓練されたスタッフのように、存在を主張せずにそこにいた。遠慮をしているのかとも思ったが、かといって居心地悪そうにしているわけでもない。つかみどころがないのだ。

事件のことを話すと、光里には感謝状のことで責められた。

「待て待て。感謝状のくだりは初耳なんだけど。なんで辞退しちゃったの⁉」

「だってそういうの、いやなのよ。私の性格、知ってるでしょ」

「警察の感謝状を持ってると、免停免除されるって聞くし、もらっときゃいいじゃん！」

「そんなことあるの？　まあでも、免停になるようなことしないから問題ないよ」

「もったいない！」

まあまあ、と山影が穏やかに割って入る。

「ともかく、無事でよかったじゃないか」

するとと、風美子がため息をついた。

「何事もなくて本当によかったけど……研究所のお仕事、もう辞めたら？」

今までと違い、風美子はどことなく遠慮がちだった。

「辞めないよ。居心地、いいの」

「じゃあ辞めなくてもいいから……ママ、心配なだけなのよ。伊那川《いながわ》くんはなんて言ってるの」

母には優斗《ゆうと》と別れたことを伝えていなかった。隣に座る光里が、ちらりと陽乃を盗み見る。陽乃はコーヒーカップを手に取って口をつけた。

「別れた」

理由を言えばまた面倒なことになりかねない。なにを伝えてなにを伝えないか、それは陽乃が決めていいはずだ。陽乃の問題なのだから。

風美子がガタッと体をうしろに引いて両手で口元を覆《おお》う。ずいぶん大げさなリアクションをされちゃったなと、陽乃は他人事のように感心した。奇襲事件以来、風美子の言動に対してだいぶ冷静でいられるようになった。

「陽乃ちゃん……別れたってあなた……」

「うん。決着はつけてきたから大丈夫。終わったことにこだわりたくないんだ」

その場がしんと静まる。

すると、山影が絶妙の間合いで会話に入ってきた。

「まあまあ、もういいじゃないの。堂々として立派なもんだよ。風美さんがあれこれ言っても仕方ないでしょう。陽乃さんも光里さんも、もういい大人なんだ。いつまでも風美さんのものじゃない」

風美子がううっとうなり、ショートケーキのいちごを口に放り込んだ。ついでに夫の皿も奪う。

「食べないならちょうだい。カロリーの高いものでも食べなきゃ、やってらんないわよ」

「一つにしておきなよ。このあいだの検診で血糖値まずかったでしょ?」

山影が皿を奪い返し、光里は、「あーあ、大人げない」とあきれた。

陽乃はずっと山影のことをふわっとした人だと思っていたが、意外とはっきりものを言う。案外図太いし、地に足がついているのかもしれない。

今まで陽乃が抱いていた山影のイメージが少し変わった。これなら大丈夫。陽乃の中にいた「お酒を飲んで泣いている、かわいそうなお母さん」がどんどん小さくなっていく。最後はろうそくの火が燃えつきるように、すっと消えた。

しばらくは出勤するたびにいろいろな人から「ひどい目に遭ったね」だとか「大活躍したって聞いたよ」と声をかけられた。陽乃は困ってしまって、可能な限り素早く話を切り上げ、「私より高柳さんのほうがお詳しいですよ」とその場から逃げた。

でも、一つだけ収穫があった。

「千条先生って、子供の頃に柔道やってたんだって？　意外よねー」

お昼休みに、いつもの第三会議室に集まりお弁当を食べていると、佐和が言った。

「ですよね。私もびっくりしました。中学一年生まで習っていたらしいですよ」

きれいに袈裟固めをきめていたことを千条に尋ねたところ、そう教えてくれたのだ。

「精神性みたいなのがよくわからなくて辞めた、っておっしゃってました」

りりかが大笑いする。

「うわー、めっちゃ言いそうですー」

「山影さんも合気道やってたんでしょ？」

佐和にそう訊かれ、陽乃は箸《はし》を持ったまま「えっ？」と固まった。

「辻さんに聞いたよ」

「そうでしたか。実は学生時代にちょっとだけ……。上達しなくて一年で辞めたんですよ。あの時も、ぜんぜん技がきまらなかったです」

二人は「合気道ってどんなことするの？」と興味津々《しんしん》。特にりりかの食いつきがよかった。

「一度はそういうの、習ってみたいなー。なんで辞めたんですー？　難しい？」

「難しくない人もいると思いますよ。はまる人ははまりますし。奈爪《なつめ》さんもやられたらいいのに」

可愛《かわい》らしいりりかの道着姿は、意外とかっこいいかもしれない。

「そうね、挑戦してみようかなー。そうそう、私のカナダの知り合いが、すごーく強いプロの格闘家で――」

瞬時に、陽乃の脳みそがビビッと反応した。

カナダ。プロの格闘家。すごく強い。

そんな人物は彼しかいない。

「待ってください！　その方、お名前はなんていうんです？」

「エリック・サン＝ジョルジュ。格闘家の中では有名みたいねー」

陽乃は自分でもびっくりするような奇声をあげて、ガバッと立ち上がった。

もしここが家だったら、その場に倒れて床の上をごろごろ転がっていたかもしれない。

でも今いるのは仕事場だ。叫び出さないように両手で口を押さえて座りなおし、どかどかと足踏みをした。

二人があっけにとられて陽乃を見ている。

「――ンーーーック・サン＝ジョルジュ様と……お知り合いって……そんなことが……」

息もたえだえに声を絞り出すと、りりかはこともなげに言う。

「友達がアパートをシェアしていたうちの一人が、彼だったのー」

りりかは子供の頃、両親の仕事の関係でカナダのモントリオールに住んでいたそうだ。だからフランス語と英語を話すことができる。

十七歳で日本に戻ったあとも、カナダでできた友人たちとは交友関係を続け、たびたび彼らのもとを訪ねていた。中でも特に親しくしていた友人が、学生時代に数人でアパートをシェアしていた。そのうちの一人がエリック様だった。

「全身筋肉で見た目はごついんだけど、本当にいい人でねー。オタクって言われてた私のこと一度だってバカにしなかったし、私が遊びに行くといつも、僕は日本のカラテやジュードーに救われた、それがなかったら今の僕はいない、って言ってたねー」

エリック様。日本のことをそんなふうに言ってくださるなんて、感無量です。

「でも、格闘技以外のことになると、てんで不器用なの。のこぎりでまっすぐ板を切れないし、歌うと音痴《おんち》だし。歌は本当にひどかったなー」

音痴でいいんです。そこがエリック様のいいところなんです。おのれの全神経を格闘技に特化した結果なんです。

「なに？　山影さん、その人のファンなの？」

佐和に訊かれて、陽乃は喜びにわなわなしながらうなずいた。

「はい。ファンというか、神と崇《あが》めています。総合格闘技、わりとよく観《み》てるんです。そのために BS 局を契約したくらいには好きなんです」

「へえ。先生の柔道よりこっちのほうが意外だったわ。奈爪さん、山影さんにそのナントカ様を会わせてあげたらいいんじゃない？」

佐和が楽しそうに笑うと、りりかが肩をすくめた。

「紹介はちょっと無理かなー。知り合いだったのは、もう十五年も前の話。私のことなんて忘れちゃってるんじゃないかなー」

十五年も前とは、りりかはいったい何歳なんだろうと思いつつ、陽乃は首をぶんぶん振った。

「会えなくていいんです！　推しのことは遠くからそっと見守るだけで、私は満足なんですよ。普段着のエリック様の話が聞けただけで幸せです……ありがとうございます、奈爪さん！」

あれほど必死になって隠していたことが、今となってはばかみたいだった。なんという解放感。

陽乃はふわっと浮かび上がりそうな気分で、研究室に戻った。

机の前に立ち、興奮をしずめるために深呼吸をする。ディスプレイに貼っておいた付箋に「所員会議　日程調整」とある。午後一で片付けようと思っていた仕事だ。パーテーションを見やる。

サンクチュアリの床には相変わらず書類や本、サンダル、紙袋、タオルなどが散乱しているのが、パーテーション越しにも見て取れた。いつかすっきり片付けたいけれど、千条がこの状態をお好みならば、そのままにしておくしかない。なにせサンクチュアリなのである。

プレートは「GO」。今なら話しかけてもいいはずだった。

「先生。所員会議の日程調整が明日までなので、早めに丸伊先生にお返事していただきたいのですが――」

返事を待ったがまるで反応がない。

「いない?」

陽乃はそうつぶやいて静かにパーテーションに近づき、そっと中をのぞいた。

千条は腕組みをして座り、椅子のヘッドレストに頭をあずけ、口を少しだけ開けて眠っていた。

うわ、寝てる。やっぱり先生もうたた寝するんだ。

音もなくおとなしい時はきっと、しかめっ面《つら》で読み物をしているとばかり思っていたから、陽乃はなんだか拍子抜けしてしまった。耳を澄《す》ますと、すうすうという規則正しい寝息が聞こえた。眉間《みけん》がほんのり開いていて、ちょっと間が抜けている。

その寝顔があまりに無防備で穏やかで、起こしてしまうのは気が引けた。

「やだ。可愛い」

うっかり声に出してしまい、陽乃はがばっと口を両手で押さえた。またよけいなことを言ってしまった。その状態で息を凝《こ》らし、もう一度のぞき込んで様子をうかがう。よかった、眠ってる――。

陽乃はそっとあとずさり、自分の机に戻る。椅子に腰かけ、ふと思い出して正面打ち一教の動きをしてみた。右手で相手の手首を取って、左手でひじを取って。もうちょっと早めに体を入れていけば、うまくできたのかな……。

あの時、何年間もやっていなかった動作がとっさに出てきて、陽乃は自分でも驚いてしまった。自分の手が動いた時、陽乃は不思議な感覚に襲われた。次にやるべきことを体が覚えているような、そんな感覚。

もしかしてこれがエリック様の言う――

「『俺の体は今日から脳だ』って、これだ！　きっとそう！」

陽乃がディスプレイに向かって叫んだ時、くぐもった声がした。

「なにがそうなのですか」

陽乃はびくりと肩をすくめると、サンクチュアリから白いマグカップを持った千条がのそのそ現れた。目がしょぼくれて、まだ眠そうだ。

「すみません、お昼寝中に。うるさかったですよね」

「昼寝はしていません」

ばつが悪いのか、千条は見え見えの嘘《うそ》をついた。さすがにその嘘は厳しいです、と陽乃は心の中で叫ぶ。

「先生、所員会議の日程調整、丸伊先生にお返事をお願いします。明日までです」

「わかりました」

千条は冷蔵庫までやってくると、麦茶の二リットルペットボトルを出して、マグカップに注いだ。お好みの銘柄の麦茶だ。仕事中に飲む夏場のお茶はこれだけと決めていて、他の銘柄は絶対に飲まない。ただし、疲れると「これが一番、グラムあたりのブドウ糖の含有量が多い」と言って、グレープ味の炭酸飲料を美味《おい》しそうに飲んでいる。

「合気道の同好会に所属していたそうですね」

唐突に合気道の話を振られ、陽乃はぎくりとした。

「もしかして、辻さんに聞きました？」

「はい」

いったいナオはどのあたりの人にまで陽乃の秘密をばらしたのだろうか。心配になったが、よく考えればもう秘密にしておく必要なんてないのだ。誰も陽乃の趣味に口出ししないし、ましてや学生時代のサークルのことなんて気にしていないのだから。

「はい。サークルはすぐに辞めてしまったし、稽古《けいこ》もよくサボっていたんですけど、この間は自然と技が出たんです。これが直観というやつでしょうか。でも結局ダメでしたけどね……。私の尾状核は活動していないみたいです」

「尾状核？　高柳くんあたりになにか吹き込まれましたか」

不審そうな顔をするので、陽乃は慌てて言いつくろった。

「いえ、そうではなくて、あの……プロ棋士の話を聞いたもので……」

もしかして、圭が教えてくれたことはなにか間違っていたのだろうか。あとで彼が叱《しか》られてしまっては困る。千条はマグカップを手に持ったまま、ミーティングテーブルの上に座った。また書類をお尻で踏んでいる。そこは座る場所じゃないです、先生。

「プロ棋士が直観で次の一手を導き出せるのは、訓練があってこそです。毎日数時間の訓練を、人によっては何十年にもわたって続けているからこそ、直観で将棋をさせるようになるのです。ちなみに尾状核はここですね」

千条は首からかけていたＩＤカードを手に取り、ポップにデザインされた脳の真ん中あたりをなぞった。

「表面ではないです。内側です。尾状核と被殻《ひかく》は、大脳基底核と呼ばれる部分の線条体《せんじょうたい》を形成しています」

「はあ……」

頭の中を、専門用語が右から左に流れて行き、陽乃は曖昧《あいまい》にうなずく。

「山影さんは暴漢を撃退する訓練を、毎日数時間、何年にもわたって続けてきましたか?」

「いいえ」

陽乃が大きく首を振る。

「訓練していない者は、アマチュア棋士の脳内と同じように大脳皮質しか活動しません。したがって、直観で暴漢と戦うことはできません」

陽乃は少々むっとした。せっかくエリック様のことで上機嫌だったのに、そんな冷や水を浴びせるようなことを言わなくても。

「そのとおりです……」

うつろな作り笑いを浮かべ、小声でそう返事した。おっしゃるとおり。反論の余地もありません。無駄口をたたいていないでお仕事をさせていただきます。唇をきゅっと結び、椅子を引く。すると千条はぼそりと言った。

「だから、無茶なことはやめてください。僕はもう、見知った人間を失うのは嫌です」

陽乃は息をのんだ。見知った人間を失うという千条の言葉には、心当たりがある。

「あの、それは、辻さんが言っていた——」

「八年前に亡くなりました。発症してたった四日です。あっという間でした。細菌性髄膜《ずいまく》炎《えん》です」

千条と四歳年下の妹、倫《りん》は、母方の祖母の家で育ったそうだ。老人と子供二人の三人家族だった。

倫は千条とは別の大学の医学部に進学し、医師を目指していた。

「彼女はよい医師になっていたと思います」

しかし、六年次にあがったばかりの時に亡くなった。千条は大学院の四年目だった。

最初は風邪だと思っていたらしい。

五月のある日、千条が夜に帰宅すると、パジャマ姿の妹が祖母と台所でお茶を飲んでいた。「風邪をひいて熱があるから、今日は早退して寝ていた。喉《のど》が渇いたから起きてしまった」と、その時はまだ微笑む余裕があった。翌日の朝は熱と頭痛でつらそうにし、授業を休んで近所の医者に行ってくると言って、大学に行く千条を送り出した。

その日の昼に祖母から電話があり、妹が大きな病院に入院したことを聞かされた。

慌ててかけつけたが、すでに妹の意識は混濁《こんだく》していた。まぶたを閉じてベッドに横たわり、ぴくりとも動かない状態だった。

　そしてそのまま意識が戻ることなく、入院から三日後に亡くなった。

　千条は妹が亡くなった経緯を淡々《たんたん》と話した。

「健康でしたが気を遣いすぎるところがあり、ストレスを抱え込む人でもありました。僕がこんなですから妹が気難しい祖母の相手をしていました。妹の脳がむしばまれていく間、僕はなにもできませんでした。医学を学んだ人間だというのになにもできないとは非力なものです。まあ、そもそも医師免許は取りませんでしたが」

　まるで他人事のようにそう言い、マグカップの麦茶をすする。

「祖母の誕生日に、三人でバスツアーに行く予定でした。祖母は足が悪かったし、僕らは学校があるので、そう遠くではなく近場のバスツアーです。結局、行けませんでした」

　その時、陽乃は思い出したのである。

　八年前の日付が書かれた、バスツアーの旅程表。出勤初日に、陽乃がゴミと間違えて捨ててしまったものだ。山梨のさくらんぼ狩り。

「そんな大事なものとは知らずに捨ててしまったんだ、私……」

　本当にすみませんでした、と頭を下げる。

「あれは僕も悪い。書棚を片付けていたら本の間から出てきたのです。八年間も放置していたくらいですし、さほど大事にしていたというわけではありません。気にしないでください」

淡々とそんなことを言うが、気にしないわけにはいかない。本当は大事に取っておいたに違いないのだ。

「そんなの、気にしますよ！」

陽乃は椅子から立ち上がり、ぎゅっと拳《こぶし》を握りしめる。

「私だって、父からもらったしおりが捨てられないんです。文庫本のおまけに入っている、出版社の名前が入った紙のしおり。あんな他愛《たわい》のないものが、父親の使っていた箸や聞いていたCDよりも、私にとっては大事な思い出の品なんです。だから気にします！」

思わずむきになると、なにがおかしいのか千条は声をあげて笑った。

目じりに笑いじわができている。こんなに笑う千条を見るのは初めてだった。

なぜこんなに笑われているのだろう。もしかして、服のどこかに付箋でもついている？

陽乃がおたおたと服を確かめたり髪を触ったりしていると、千条は立ち上がり、パーテーションの向こうに消えてしまった。

やがて椅子が回る音と、机にカップを置く音に続いてぼそぼそした声が聞こえてくる。

「山影さんを見ていると、妹を思い出します」

陽乃はパーテーションを見つめる。千条の言葉をどう受け取ったらよいのかわからなかった。ただ、少なくとも疎《うと》まれているわけではなさそうである。

「もしかして、だから私なんかを採用してくださったんでしょうか」

しばしの沈黙のあと、返事が戻ってきた。

「違います。自転車を起こす手際がよかったことと、あとはただの直観です」

全否定。

「はあ……。例の尾状核ですね」

「いいえ。僕は人事採用の鍛錬《たんれん》を日々行っているわけではありませんので、大脳皮質のみです。採用に関してはまったく鍛えられていない直観で秘書を選んだ結果、今までことごとく失敗してきました」

たしかに採用した秘書がストーカーと横領犯《おうりょうはん》なら、失敗と言ってもいい。陽乃は思わずくすっと笑ってしまう。

「そうでしたね」

「しかし、今回は成功したと思っています」

今回は、成功――。

陽乃は少しの間、息を吸うのを忘れていた。心臓が激しく鼓動《こどう》し、顔が熱くなる。もしかしたら血圧が上がったり、瞳孔《どうこう》が開いたりしていたかもしれない。たった三秒足らずの言葉でこんなに満ち足りた気持ちになれるなんて、やはり人の心はままならない。

陽乃はパーテーションに向かって微笑んだ。

「ありがとうございます。お役に立ててなによりです」

返事がないのは通常運転。代わりに、サンクチュアリからキーボードをたたく音が聞こえてきた。

陽乃はほっとして椅子に座り、ディスプレイに貼っておいた「所員会議」の付箋を剝がす。

さあ、午後の仕事も頑張ろう。

そう思いながら背筋を伸ばし、パソコンにパスコードを打ち込んだ。

※この作品はフィクションです。実在の人物・団体・事件などにはいっさい関係ありません。

集英社オレンジ文庫をお買い上げいただき、ありがとうございます。
ご意見・ご感想をお待ちしております。

● あて先
〒101-8050　東京都千代田区一ツ橋2-5-10
集英社オレンジ文庫編集部 気付
羽野蒔実先生

脳研ラボ。

准教授と新米秘書のにぎやかな日々

集英社
オレンジ文庫

2021年6月23日　第1刷発行

著　者　羽野蒔実
発行者　北畠輝幸
発行所　株式会社集英社
〒101-8050東京都千代田区一ツ橋2-5-10
電話【編集部】03-3230-6352
【読者係】03-3230-6080
【販売部】03-3230-6393（書店専用）
印刷所　株式会社美松堂／中央精版印刷株式会社

ISBN 978-4-08-680393-9 C0193